猫の古典文学誌

鈴の音が聞こえる

田中貴子

JN266835

目次

猫の古典文学誌

猫の古典文学誌

鈴の音が聞こえる

プロローグ

生まれて初めて観た映画は、「トマシーナの三つの命」だった。

これは、『ジェニィ』といった猫小説で有名なポール・ギャリコ原作の映画で、主人公の猫・トマシーナが何度も生まれ変わりながら三つの「猫生」を送るという物語である。主演のトマシーナは茶色の縞《しま》猫で、女の子だった。細部はもう覚えてはいないが、最後の場面でトマシーナが花で飾られたバスケットに入って動かなくなっているのを観て、「トマシーナ、死んだの？ 死んだの？」と執拗《しつよう》に親に聞いた記憶が残っている。何度も生まれ変われるはずのトマシーナがここで死んでしまうなんて、幼い私には残酷すぎた。「死」の意味もわからないほど、私は小さかったのである。

そもそも私が猫を好きになったのは、講談社の絵本で猫を知ったからであった。「かわいいねこ」といったわりといいかげんなタイトルの大きな絵本には、耳が三角でお目々の丸い動物が描かれていて、それが「猫」なのだと知った私は、がぜん本物の猫を見たくなってしまったのだ。どうして犬でもうさぎでもなく、猫だったのかはわからない。そういう運命であったのだろう。「トマシーナ」に連れていってもらった私は、今度は自分の手で猫を触りたくなってきた。そうして、ついに幼稚園の頃、近くの農家から我が家にもらわれてきたのは、いわゆる「キジ猫」という黒白縞猫で、私は早速、当時はやっていたテレビアニメ（「トムとジェリー」である）から「トム」と名づけた。

トムはおとなしい猫で、やんちゃな子どもの相手をよくしてくれたが、私が小学校に上がった年、かまきりを食べて死んでしまった。私のま新しい学習机の下でひっそり丸まって死んでいたらしいが、私が学校へ行っている間に遺体は役所へ持っていかれてしまっていた。

それ以後、猫との生活はほとんどとぎれることなく続いた。その間、内弁慶な女の子はいつしか研究者となった。そして、彼女の「いつか必ず猫の本を出したい」という気持ちは年々強くなる一方だった。

しかし、猫の本は古今東西の猫好きによって書き尽くされている感があった。とくに「猫の民俗と伝説」といったテーマの本は、私家版も含めるとかなりの数に上《のぼ》り、「対猫おたく度」の高さを思い知った。そして、雑誌の『国文学』が「猫の文学博物誌」という特集を組むに至って、私は一度は断念したのである。そこには文学に見える猫の記事が碩学《せきがく》によって列挙してあり、私がそれ以上の資料を探し出すのは難しいように思えたからだ。

ただ、資料がこれ以上見つからないとしても、その資料を私なりに読み解いていくことはできるのではないか、という思いもあった。また、『国文学』やその他の猫本では取り上げていない資料があるのでは、とも思うようになった。

私は、正直いって猫の伝説や民俗にはあまり興味がない。魅力的だが、数が多すぎてテーマがしぼれない。それよりも、猫について書かれた文字テキスト（文献）の網羅《もうら》の方に関心を抱いていた。今までの猫本への不満はそこにあった。だから、「書かれたものとしての猫」を収集しコメントするくらいのことはできるのではないか。たしかに、猫本を読み直してみると、いろいろな位相《いそう》の資料が渾然《こんぜん》としている本が多く、文字テキストにあまりこだわりがないように見受けられたのである。そこで、私はなるべく多くの「書かれたものとしての猫」と、それが書かれた背景について調べようと決めたのである。

だから、本書はある意味では猫の資料の列挙にすぎなくなってしまうかもしれない。だが、そういった文字のあわいにある、人と猫との結びつきを感じて頂ければ幸いである。

ほら、耳を澄ましてみよう。どこからともなく聞こえてこないだろうか。あなたを慕ってやってくる、猫の首にかかる鈴の音《ね》が……。

第一章　「猫」という文字はいつ頃から使われたか

猫と狸は同じもの？

日本人がいつ頃から猫と暮らしはじめたのかは、はっきりわかっていない。古代の象の化石が出土すると大騒ぎする新聞でも、「猫の化石発見」などという記事はとんとお目にかからないからである。

文献のうえで猫が初登場するのは、ようやく平安時代の初めになってからのことだ。『日本書紀』にも『古事記』にも、猫の記述は見られない。九世紀に生まれた仏教説話集『日本《にほん》霊異記《りょういき》』に至って初めて、猫らしき動物について書き記されることになる。だが、それにも「猫」という文字は出てこないのである。ここでは、なんと「狸」と書いて「ネコ」と訓《よ》ませているのだ。「狸」と「猫」は同じものか、という疑問が当然のことながら湧いてくる。

ともあれ、まずは本文を見ていくことにしよう。

『日本霊異記』上巻第三十話は、文武天皇の頃、膳臣広国《かしわでのおみひろくに》という人が突然この世を去り、地獄で責められていた実の父親と再会する、という話である。広国は父から長い話を聞かされることになる。父は、成仏できない苦しみを、切々と息子に語った。「ネコ」が出てくるのは、その父の話の中である。（現代語訳は田中。以下同）

私は飢えて、七月七日に大蛇となってお前の家に行ったが、家に入ろうとした時に杖でもって棄てられた。また、五月五日には赤い狗《いぬ》となって再びお前の家に至ったが、お前は犬を呼び寄せて私を追い払い、危害を加えたので、私の飢えは激しくなった。そして、私は正月一日に「狸」（ネコ）となって家に入ったが、今度は供養のため置いてあった肉やいろいろな食物を飽きるほど食べることができた。これで、三年間の飢えをしのいだのだ。

『日本霊異記』では、この部分の「狸」に「ネコ」という訓釈《くんしやく》がつけられている。しかし、現代人のイメージでは、どうも「狸」と「猫」が同類であるとは思えないのである。もちろん狸はイヌ科ではあるが、その成体は猫ほどの大きさになるし、顔が尖《とが》っているところを除けば、後ろから見た限りでは猫に似ていなくもない。『日本霊異記』があえてこの「狸」字を用いているのには、何か訳があるのだろう、と思わざるを得ない。

辞書に見る「猫」と「狸」

そこで、平安時代から室町時代に作られた辞書にはどういう記述が見られるか、少し眺めて見ることにしよう。なんといっても、文字に関することは当時の辞書の解釈を見るにしくはなし、だからである。

まずは、もっとも古い辞書である『新撰字鏡《しんせんじきよう》』（八九八〜九〇一）に当たってみると、狸、力疑反猫也。似虎小。亡交反祢古。

とある。ややこしい部分を飛ばして読んでいくと、ちゃんと「狸」は「猫也」と記されていて、「祢古」という読み方も示されている。「祢古」は「ネコ」の万葉仮名である。つまり、平安初期には猫を「狸」という用字で表していたということがわかるのである。「虎に似て小なり」という部分からも、猫がしばしば小型の虎と称されることを思い出すと頷《うなず》ける。『新撰字鏡』には「猫」の項目がないのだが、それは「狸」=「猫」という認識が一般的であったことを意味しているのではないだろうか。

さて、それ以降の辞書ではどうなっているか調べてみよう。「猫」の項目が初めて現れるのは、『本草和名《ほんぞうわみょう》』（九二三）からである。ここには、

家狸、一名猫、和名祢古末。

とある。猫の中でもとくに「家狸」と断っているのが目を引く。この頃にはすでに猫を飼う習慣が広まっていたせいだろう。ただ、十世紀になっても「狸」と「猫」を混用している辞書はいくつかある。たとえば『康頼本草《やすよりほんぞう》』（九八四〜九九五）では「狸」の項に「一名猫」とあるし、十一世紀の『類聚名義抄《るいじゅうみょうぎしょう》』（一〇八一以降）でも、「狸」の項に「タヌキ、タタ

ケ、ネコマ、イタチ」という訓が存在している。十二世紀の『伊呂波字類抄《いろはじるいしょう》』（一一八〇）でも、「猫」の項目に「子《ね》コ、子《ね》コマ、家狸」とされている。

これらの辞書の記述をまとめてみると、平安初期には「狸」を「ネコ」と訓むのが一般的で、それ以降も漢字のうえでの混同があり、十二世紀頃には「狸」は野生の猫、「猫」は家で飼われている猫、といった区別がつけられるようになったと考えられる。

そして、鎌倉・室町時代になると「猫」は猫そのものを意味し、「狸」といった用字は出てこなくなる。『下学集《かがくしゅう》』（一四四五）には、

猫は毛色が虎に似ていて、そのため世俗ではこれを「於兎《おと》」と呼んでいる。猫は「於兎」と呼んでやると喜ぶ。

とあるように、狸よりむしろ虎との共通点が示されるようになる。「狸」と「猫」の関係は、室町時代ではすでに別個のものとされるようになるが、同時に同類でもある、という記載が見られる。『壒嚢鈔《あいのうしょう》』（一四四六）では、

狸を「タタケ」、「子《ね》コマ」と訓み、これは猫と同じである。猫は「ネコ」と訓むべきである。（中略）猫と狸は明らかに同類である。

とある。つまり、同類であるから用字の混同が起こったのだという論理である。なお、『下学集』にある「於兎」については『壒囊鈔《あいのうしょう》』と『塵袋《ちりぶくろ》』（一二七二）という辞書を統合した『塵添壒囊鈔《じんてんあいのうしょう》』（一五三二）にも記されている。「於兎」とは虎の別名だというのである。ここでも、猫が虎と似た毛色や姿をしていることがその理由となっている。

中国では「狸奴」

いささか用例の列挙のようになってしまったが、もう少し、「狸」＝「猫」ということについて考えてみたい。

両者の混同が平安初期に起こっていることに注目すれば、この二文字が当時大きな影響を受けていた中国からの輸入文字ではないか、と思い至る。さっそく中国文学を専攻している友人に聞いたところによると、猫を「狸」と書くのは中国では当たり前で、自分自身も「猫」よりむしろ「狸」の文字の方がよくなじんでいるとのことだった。彼から教えてもらった今村与志雄氏の『猫談義』（東方書店、一九八六年）には、なるほどたくさんの「狸」や「狸奴」という文字が見えた。それをここで紹介してみよう。

日本の平安時代に当たる中国の宋代の詩には、猫をうたったものが多く見受けられる。黄山谷の「猫を乞う」という詩を引用してみる。

秋来　鼠輩《そはい》　猫の死せるを欺《あなど》り　甕を窺《うかが》い盆を翻《ひるがえ》し夜眠を攪《みだ》す
聞くならく　狸奴　数子を将《ゐ》ゆと　魚を買い柳に穿《うが》ちて銜蟬《かんせん》を聘《へい》ぜん

秋が来ると、ねずみたちが猫の死を知って暗躍《あんやく》を始める。聞くところによると、「狸奴」が子を生んだというので、魚を買ってこれをもらいに行こう、といった内容の詩である。秋は収穫の季節なので、穀物を荒らすねずみ対策に猫が用いられたのだ。この詩では、猫のことを「狸奴」と呼んでいる。「猫」の用字も混在しているが、これはとくに問題ではないようである。「奴」という字は一種の愛称なので、「猫」よりはもっとくだけた言い方なのかもしれない。日本でいうと、「猫」は種としての「ネコ」を表し、「狸奴」は「にゃんこ」というような雰囲気であろうか。

この詩のほかにも、中国の猫詩は相当な数に上《のぼ》る。その多くは、猫が穀物や書物を荒らすねずみの天敵であることを詠んでいる。南宋の有名な詩人・陸游《りくゆう》（一一二五～一二一〇）も、書物を守る有能な友人としての猫を題材として詩を作っている。なかなかうるわしい詩なので、これも紹介しておこう。

塩を裹《つつ》みて小狸奴を迎え得たり　尽く山房の万巻の書を護《まも》る

慚愧《ざんき》す、家貧しくして策勲《さくくん》薄く　寒きときに氈《せん》に坐すことなく食に魚なきを

塩と引き替えに子猫を我が家に迎えた、と陸游は歌う。当時の塩は貴重品だったのだろう。この子猫は彼の万巻の書をねずみの害から守る役目を負うのだ。しかし、陸游は家が貧しいことを恥じた。寒いときに座る敷物もなく、猫の好物である魚を食事に出すこともできない。この感情は、単に「ねずみ捕り」としてしか猫を見ない人とはずいぶん違うものである。彼は明らかに子猫を「我が家の一員」として暖かく迎え入れたのである。

彼は別にこんな詩も作っている。

風は江湖を巻き　雨村を暗くし　四山声作り　海濤《かいとう》翻る
渓柴の火軟く　蛮氈《ばんせん》は暖かし　我狸奴とともに門を出でず

家の外では大風が湖の水を巻き上げ、大雨は村を襲って四方の山も山鳴りがしている。しかし、家の中では柴の火が燃え、敷物は暖かい。こんな日には私は猫とともにいて外には出ないのだ、という意味である。これが前の詩と関係があるとすれば面白い。もらってきた子猫は彼の愛情を受けてすくすく育ち、今ではすっかり家になじんでいる。猫は火の近くに敷かれた敷物の上でぬくぬくと丸まっており、陸游はそんな猫を見ながらこの詩を作った、と

考えると、猫が彼の生活には欠かせないパートナーとなっていることがうかがえるのではないだろうか。

いささか中国の文献の紹介が長くなってしまったが、このような詩を見ると、中国においては猫を「狸」や「狸奴」と呼んでいたことは明らかである。『日本霊異記』が「狸」に「ネコ」という訓を宛てているのは、日本に中国の言葉が入っていたからなのだ。日本ではその後「猫」という文字を使うようになるが、中国では（今でも）猫を「狸」と表記していることが多いのである。

なお、もう少し中国の資料を当たってみると、猫という文字の成り立ちがねずみと不可分であると説くものがあるのだ。北宋の陸佃《りくでん》（一〇四二～一一〇二）の書いた辞書の『埤雅《ひが》』には、

猫　鼠はよく苗を害するが、猫は鼠を捕らえて苗の害を除去する。だから、猫という字のつくりは苗なのである。

という一文が見える。中国でも、「猫」という文字を使わないことはないようだ。しかし、辞書に一項目を立ててわざわざ「猫」という字の成り立ちを説明しているところを見ると、一般には「猫」はあまり通用していなかったのだと想像される。

中国では、猫はねずみの害から大切な穀物や書物を守るものとされ、一種の貴重品扱いされたようだ。エジプトにバスト神という猫面人身の神がいたりするように、高度な文明を持つ地域では、猫は人間にとって重要な役割を果たす動物だったのである。これは、日本でも同じことであり、古代から近代にかけて、猫の長所として「ねずみ捕り」が常にあげられるようになったのだ。

猫がねずみから守るものは、穀物や書物のほかにもあった。蚕である。ねずみはせっかく蚕が作った繭《まゆ》に穴を開けて中のさなぎを食べてしまうので、養蚕のさかんな地域では必ず猫を飼っていた。平岩米吉氏によると、中国ではすでに紀元前から猫は養蚕家には欠かせない存在だったという（『猫の歴史と奇話』築地書館、一九九二年）。同じく養蚕を行う日本でも、猫はねずみ退治のため重宝されたのである。平岩氏は日本の広い地域で「猫神」をまつる神社があったことを述べ、それが養蚕保護に由来するとしている。

ねずみよけの猫の絵を描いて貼っておく習慣は、歌川国芳《うたがわくによし》の有名な「鼠よけの猫」で知られているが、これ以外にも地域と結びついた猫絵がある。落合延孝氏の『猫絵の殿様』（吉川弘文館、一九九六年）は、上州の新田岩松家の殿様が養蚕家のために「猫絵」を描いたことが中心となる論考である。現在、群馬大学図書館の新田文庫に所蔵され、ウェブ上でも閲覧できるようになっているが、いずれの「猫絵」も一筆書きに近い簡略化された表現で、国芳のものとくらべると土着的な味わいがある。一部が破損したり畳みじわがくっきりしていたりする「猫絵」は、これが本来消耗品であることを物語っているようだ。

少し脱線すると、イギリスではかつてウイスキーキャットという「働く猫」がいたという(C・W・ニコル『ザ・ウイスキーキャット』講談社文庫、一九八七年)。これは、ウイスキーの材料である麦をねずみが囓《かじ》らないよう見張りをする猫のことである。日本の猫はすでに「野性」を失ったものが多いが、イギリスでは伝統として「ねずみ捕り」が猫の「仕事」と考えられていたようだ。ウイスキー会社の中には、猫も労働者として組合に入れるようにな

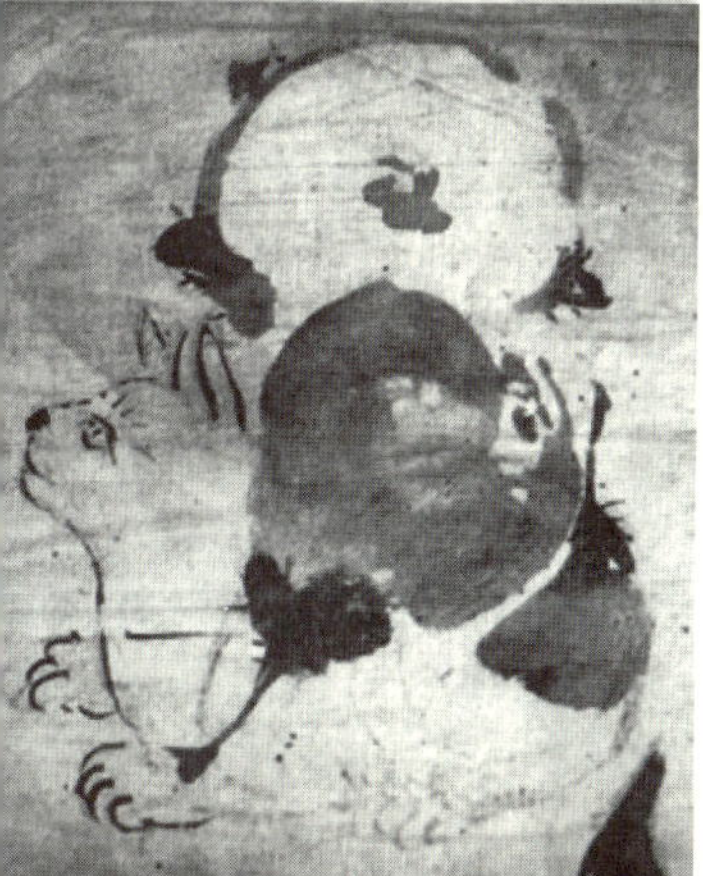

ねずみよけの猫絵（群馬大学総合情報メディアセンター図書館蔵）上／ねずみを捕らえる勇ましい姿。下／有名な国芳の作品に似た図様のもの。

っていたところがあったと聞く。日本における「働く猫」については、後に詳しく述べることにしよう（第四章参照）。

蝶を追う猫

もう一つ、中国の猫が日本に与えた影響をあげておこう。それは、漢詩文や絵画にしばしば現れる「猫が蝶を追う」すがたである。本書の単行本を執筆した頃はほとんど意識していなかったのだが、最近猫を題材とした絵画や彫刻の展覧会が行われることが多く、それらに足を運んでいるうちに、決まって猫と蝶を一幅のうちに描く中国や朝鮮の絵画が目につくようになった。調べてみると、絵画史の分野ですでにいくつもの論文があることがわかったので、ここで紹介しておきたい。

絵画はおおむね、猫が頭上をひらひらと舞う蝶を見上げたり、蝶を追いかけたりする構図となっているが、中にはしっかり蝶をくわえて満足げな猫を描くものもあった。猫と暮らして四十年以上の私であるが、実際の猫が蝶に格別執心するといった経験がなかったので疑問に感じていたのである。しかし、板倉聖哲氏によれば、猫と蝶を組み合わせるのは中国で生まれた長寿を願う縁起のよい画題なのだという（「伝毛益筆蜀葵遊猫図・萱草遊狗図をめぐる諸問題」『大和文華』１００号、一九九八年）。中国音で猫は「耄」（ボウ）、蝶は「耋」（テツ）に発音が通じ、七十歳を意味する「耄」と八十歳を表す「耋」を合わせた「耄耋

「蜀葵遊猫図」（大和文華館蔵） 葵の花の下で遊ぶ猫の絵。上方には蝶も飛ぶ。南宋時代の作品で、日本の猫の絵に比べて目つきがやや鋭い。中国の伝統的な画題である「花の下の猫」を表している。

図」という画題になったのだそうだ。ほかにも、猫が牡丹の花の下で眠る姿を描いた絵も多いが、これも「猫・蝶・牡丹」の「富貴と長寿」を表す中国のおめでたい画題である。

この猫と蝶の組み合わせがいつの時代に日本に入ってきたかはよくわからないが、御伽草子である『十二類合戦絵巻』の（擬人化された）猫が蝶と魚の模様の衣服を着けていることや、江戸時代中期の浮世絵師である鈴木春信が蝶を見上げる猫の絵を描いていることなどから、室町時代以前にはさかのぼらないと私は考えている。現存するそれ以前の猫の絵には、ことさらに蝶と猫をペアにしたものがないからである。

ただし、日本では中国のような長寿を意味する組み合わせとしての意識は薄れていったようで、写す際に蝶を描き落とした例があるらしい。これを指摘した藤原重雄氏は、

描かれたモチーフの意味がわからなくなってしまっても、魅力的な図様は好んで模写されて学習されるという側面を示している。

と述べている（『史料としての猫絵』山川出版社、二〇一四年）。猫の絵を「魅力的」と評する人は、古今に絶えなかったわけである。

中国の猫と虎

さて、中国の猫について語りおさめる前に、もう一つ、猫の特性をよく表した記事を見ておきたい。それは、「猫とは虎の小さいものである」という考えである。これも日本に輸入されていることは、前に引用した『塵添壒嚢鈔《じんてんあいのうしょう》』を参照すればわかるだろう。猫を「於《お》兎《と》」、つまり「乙」＝「小さいもの」と呼ぶのは、猫が小型の虎である、という中国の説に依《い》拠《きょ》しているのである。

南宋の陳善卿《ちんぜんきょう》撰の『祖庭事苑《そていじえん》』（一一五四年の後序と跋文《ばつぶん》あり）には、

　猫は、虎の舅《しゅうと》だという。習慣でそう伝えられているのである。

という記事がある。この場合の「舅」とは日本でいう「義父」ではなく、「叔父」のことをいうらしい。ここでは、猫は単に「虎の小型版」ではなく、虎よりも偉いものとされているのである。あんな小さな体をして虎の叔父さまとは、日本人の感覚からすると不思議に思われる。だが、中国ではこうした考え方がずっと続いていたらしく、清の時代になっても同じような言説《げんせつ》が記されている。

猫についてのあらゆる言説を集大成した趣きのある黄漢《こうかん》の『猫苑《びょうえん》』によると、猫はなんと虎の師匠であるというのだ。

世俗では、猫は虎の師であるという。（中略）虎は、猫が機敏ですばしっこいのを羨《うらや》み、猫に師事したいと頼んだ。まもなく、虎は猫そっくりに振るまえるようになったが、樹に上ることと、頸《くび》を回して物を見ることだけはできなかった。そこで、虎はこのことで猫に文句を言った。すると猫はこう答えた。「君は同類に嚙《か》みつくのがうまい。だから怖くてしょうがないのだ。この二つを伝授しなかったのは、私自身の安全の用意だ。もし残らず伝えれば、いずれは私も君の口から逃れられないだろうから」

虎が頸を回して後ろを見ることができないというのは私も確認してはいないが、樹に上るためには、たしかに虎の体軀《たいく》は大きすぎる。当たり前のようなことだが、虎もネコ科であるから両者の共通点は多いはずである。だが、このような話が伝えられているのは、世間一般では虎を直接見ることが皆無に近いから、身近な猫を通して虎の特性を想像したせいだろう（もちろん、じかに虎に対峙《たいじ》してしまったら、人間の身が危ないからである）。

「猫」と「狸」の違いからずいぶん脱線してしまった。資料が他にないのでなんとも言えないが、少なくとも平安初期までは「猫」と「狸」が同じものという説が流布《るふ》していたこと、それは中国における表記が輸入されたせいであることが確認できたと思う。

『日本霊異記』より後の日本の文献では、「狸」という表記はまったくといっていいほど出てこなくなる。当時の日本ではとくに農業における「ねずみ捕り」としての猫の需要が大きかったため、つくりが「苗」の「猫」字の方が定着をみたのかもしれない。

この後も、猫は日本人の生活に深く根を下ろしていくのである。そのさまは、次章から順次語っていくことにしよう。

第二章　王朝貴族に愛された猫たち

猫を愛した人々

平安時代には、多くの王朝人が猫を飼うようになった。『日本霊異記』では「狸」と表記され、あまりなじみがないように見えた猫であったが、次第に人々の生活に入り込んできて、私たち現代人と同じように猫と暮らす生活が浸透していったのである。『日本霊異記』からほどない寛平《かんぴょう》元年（八八九）、宇多《うだ》天皇は自らしたためていた日記に、寵愛《ちょうあい》する黒猫のことを書き綴っている。これが、人が猫を愛玩《あいがん》動物としてともに暮らしている初めての記録ということになる。『寛平御記《かんぴょうぎょき》』二月六日の条には、天皇が鋭く、かつ暖かい目で愛猫を観察している記述があるのだ。やや長い文章であるが、内容を追ってみよう。

少し閑があったので、私の猫のことを記しておく。大宰の少弐《しょうに》である源精《みなもとのくわし》が我が先帝に献上した猫が一匹いる。その毛色はたいそう美しくたぐいまれなほどで、先帝はそれを愛された。ほかの黒猫はみな浅黒い色であるが、この猫だけは墨のような漆黒《しっこく》をしている。いったん屈《かが》まると、その大きさはキビの粒のように小さくなり、伸びをすると弓を張ったように長くなる。目はきらきらと輝いて、針を散らしたように光る。（中略）寝ているときはまん丸くなって、足や尻尾は見えない。歩くときはまったく音を立てないので、まるで雲の上の黒龍のようである。（中略）常に頭と尾を低くして地に着けているが、背中をそびやかすと高さ二尺（約六十センチ）余りになる。また夜にはよくねずみを捕り、ほかの猫より敏捷《びんしょう》である。先帝はこの猫を数日愛玩された後、私に下《くだ》された。私はこの猫を慈《いつく》しむこと五年になる。毎日乳粥を与えている。

天皇自身の日記というものはさほど残ってはいないのだが、宇多天皇は筆まめであったらしく、詳しい日記をつけていた。しかし、このようなプライベートな猫についての記述を残しているのは、天皇や貴族の中でもほとんどいないといってよい。その意味で、とても珍しい資料である。

大宰府の役人である源精から献上されたというから、後にも述べるが、この猫は「唐猫《からねこ》」と呼ばれる高級輸入猫であったようだ。日本の在来種と考えられている猫は、西表島《いりおもてじま》や対馬《つしま》にいる山猫らしいが、家猫の直接の祖先ではないことがわかっている。唐猫とは中国から船で運ばれてきた外来種で、主に愛玩のための品種であった。その珍しい猫を、天皇はかなり詳しく観察しているのがよくわかる。

おもしろいのは、猫の変幻自在なしなやかさに注目している点である。単にねずみを捕るのがうまいから飼うというのではなく、愛玩の対象としているのが貴人の飼い方なのである。乳粥を与えている、とあるのは、宮中の薬所から運ばれてくる貴重な牛乳を使ったということである。本来なら人間の薬とされる乳だ。さすがに天皇家の猫は待遇が違うというべきだろうか。宇多天皇の寵愛ぶりがほほえましい一文である。

唐猫については、河添房江氏が「ブランド品」として王族・貴族の珍重するものであったことを詳しく論じている（『光源氏が愛した王朝ブランド品』角川選書、二〇〇八年）。氏は、本書「ね・こらむ①」で私がとりこぼしている『夫木和歌抄《ふぼくわかしょう》』の唐猫の和歌も紹介している。花山院《かざんいん》が三条太皇太后宮（朱雀《すざく》帝の皇女・昌子《しょうし》内親王）から「ねこやある」と問われて、

敷島の大和にはあらぬ唐猫の君がためにぞ求め出でたる

と詠んだ歌である。高貴な女性にふさわしいペットとしての唐猫の姿が彷彿とするが、唐猫は単に猫が好きな人が愛玩するために飼うわけではなかったらしいことに注意したい。比較的短時間で、それもたいした執着なしに人に譲り渡している例がその事情を物語っている。先に述べた宇多天皇の唐猫は、源《みなもとのくわし》精から先帝の光孝《こうこう》天皇に献上されたもので、光孝天皇は数日愛玩したのち宇多に賜っているのである。あとで述べる『源氏物語』の女三宮《おんなさんのみや》の猫も、柏木《かしわぎ》は比較的容易に入手することができた。これは、特定の唐猫に愛着を持つというより、唐猫を持つことじたいがステイタスだからなのだ。現代のように猫と人との特別な愛情が基本にあるのではなく、唐猫ならどの猫を飼っても同じ価値を持つと考えられたのだろ

う。

猫を愛玩動物として飼うことは、このころから珍しくなくなった。平安貴族たちの間では犬派は圧倒的に少なく、猫派が多かったようだ。ほかにも愛猫との暮らしを書き残している人がいる。宇多天皇の時代から二百年ほど後の平安末期、藤原頼長《ふじわらのよりなが》の『台記《たいき》』という日記がそれである。頼長は保元《ほうげん》の乱で命を落とした人物で、その苛烈な政治改革ぶりから「悪左府《あくさふ》」とあだ名されたほどの人だった。そんな人が、永治《えいじ》二年（一一四二）八月六日条に、かつてともに過ごしていた猫の思い出を記しているのだ。彼の一般的なイメージからすると、想像もつかない記事である。

私は少年のころ猫を飼っていたが、この猫が病気になった。私はただちに千手観音の像を描いて、「猫の病気を早く治してください。そして、猫に十年の寿命を与えてください」と祈った。すると猫は平癒《へいゆ》し、ちょうど十年後に亡くなった。私は遺体を棺に入れ、衣で包んで埋葬した。そうして、観音様の霊験《れいげん》があらたかだったことを知ったのである。

観音霊験譚《たん》ともいえるこの実話は、今読んでも涙腺を刺激される。今でこそ家猫の寿命は十五年などといわれているが、当時十歳以上生きた猫はかなりの長生きだったろう。中世になると、長生きする猫は「ねこまた」という化け物になる、などという説がまことしやかに語られもするのだが、頼長の言葉にはそのような気配はまったく見られない。ひたすら愛猫の寿命の長からんことを祈る少年の姿は、けなげでもある。

頼長の場合はステイタスとして猫を飼うのではなく、現代人と変わらない、愛情を注ぐ姿が見られる。院政期頃には、猫と人の関係が少し変化したのかもしれない。

さて、先に、王朝貴族は猫派であるというようなことを述べたが、それにはちゃんとした理由があるのだ。平安時代にはもちろん犬もいたのであるが、ペットとして飼われる犬はほとんどいなかったようで、絵巻などを見ても墓場で死体を食っている犬だとか、往来で喧嘩《けんか》している犬などばかりである。それらの犬は野犬であり、家で慈しまれることはなかったようだ。今、犬は繋《つな》いで飼われることがほとんどであるが、絵画資料には繋がれている犬はまったく見当たらない。繋がれているのは、猫の方なのである。

宇多天皇の影響でもあったのだろうか、平安時代は猫を繋いで飼うのが流行したふしがある。飼われるのは圧倒的に唐猫という高級種だ。高級なものだから、どこかに逃げてしまわないよう繋いでおくのだろう。そして馴れたら家の中で放し飼いをしたのだと思われる。

『枕草子』の猫

猫に関する平安時代の文献で、『源氏物語』と『枕草子』は欠かせないものである。いずれにも、貴族に愛玩される猫が登場しているからだ。とくに『枕草子』には犬と猫との待遇の違いがわかる、有名な章段がある。それを見る前に、清少納言が記している、「理想の猫」の様子を見ておこう。猫好きならいっぺんは読んだことがあるだろう章段である。

　猫は、背中だけ黒くて、腹の部分がたいそう白いのがよい。（三巻本、第四十九段）

　これが唐猫のことを言っているとすると、唐猫には真っ黒や白黒など、かなりヴァリエーション豊かな毛色のものがいたようである。清少納言の美意識にかなった猫は、白黒がはっきり分かれている毛色である。今の日本猫は唐猫どうしの交雑であるが、「日本猫」というブランドの基準では、やはり模様がきれいに出ていないと質が悪いと言われている。清少納言はほかの段で、猫を繋ぐ紐についてもこんな注文を出している。

　今ふうでしゃれているものといったら、簾《すだれ》の外の高欄を、美しい猫に赤い綱、白い札をつけてひき歩くこと。（第八十四段）

　この猫が白黒の猫であれば、赤い綱は非常に美しいコントラストを見せることだろう。唐猫の珍重ぶりがうかがえる。この記事で私がいまだによくわからないのは、「白い札」の用途である。綱をつけるのは納得できるが、この札はいったい何なのだろう。ご存知の方は、ぜひご教示いただきたい。

しかし、清少納言は猫がさほど好きではなかったようで、これも彼女の色彩感覚上美しいものとして書いているだけであり、猫を慈しむといった感情はない。あまりにも有名な第六段、「うへにさむらふ御ねこは……」では、猫より犬へ同情を示しているくらいだ。この猫と犬の騒動は、一条天皇の寵愛する猫と、宮中で飼われていた犬との間に起こった。猫は殿上するため「命婦《みようぶ》のおとど」という名と五位の位をもらっていた。この猫はよほど馴れていたのだろう、簾の外に出て寝ていたところ、猫の乳母の「馬の命婦」が「翁丸《おきなまろ》」という犬をたわむれにけしかけたところ、猫がびっくりして簾の内へ駆け込んだことに端を発する。

猫が飛んでいった先には、運悪く一条天皇がいたのである。馬の命婦の言葉を真に受けて猫に吠えかかった愚かな犬と、天皇の懐《ふところ》に入ってふるえている猫。天皇は大変驚き、蔵人《くろうど》を呼ぶと「このあほな翁丸を打擲《ちようちやく》して、犬島へ流してしまえ、早うにな」と言った。

この「犬島」というのが古来よくわからない場所とされているが、今でいえば保健所のようなものかと思われる。あわれ、翁丸はさんざんにむち打たれ、遠くの犬島に棄てられた。

一条天皇は猫派で、その内裏《だいり》には多くの猫が飼われていたという。近世の資料だが、『本朝《ほんちよう》食鑑《しよつかん》』（一六九七）に、

宮中では多くの猫が愛されていた。その頸には錦繍でできた首輪に金の鈴がつけられてい

る。人々は猫を呼ぶのに「なんとかちゃん」という美称を使い、懐にだっこして可愛がっている。

とある通りの様子だったのである。

ところが、この話には後日談がある。翁丸のことを心配していた清少納言は、ある日、とても痩《や》せてひどい格好をした犬が内裏に戻ってきたのを知った。みなはこれをあの翁丸だと言うのだ。犬は棄てられても元の家に戻ってくると言われているが、翁丸もそうだったのである。清少納言はこれを美談としてこの章段を締めくくっている。猫派の私としては、猫だって棄てられても帰ってくる者もいる、と反論したいが……。

この命婦のおとどは、一条天皇にことのほか愛された猫であった。小野宮実資《おののみやさねすけ》の日記『小右記《おうき》』長徳《ちょうとく》五年（九九九）には、命婦のおとどが生まれたとき、「産養い《うぶやしな》」をしたことが皮肉っぽい筆致で描かれている。

九月十九日。今日は内裏で猫の子の産養いがあった。女院、左大臣、右大臣も出席した。猫には馬の命婦が乳母としてつけられた。それを知った人々は、「猫ごときに産養いをするかよ」と笑ったという。私が思うに、これは本当に奇怪なことである。未だ、動物に人をつけるなどということは聞いたことがない。嗚呼《ああ》。

産養いとは、貴族の家に子どもが生まれたとき、三・五・七・九日目にそれぞれ祝宴を開くしきたりである。つまり、命婦のおとどは人間の赤ちゃんなみに育てられたのだ。内裏で生まれ育ったから、簾の外に出てもよそへ逃げることはなかったのである。ただ、命婦のおとどの場合は、いくら天皇に愛されていたとしても希有《けう》な例だったろう。

しかし、宇多天皇にしても頼長にしても、また一条天皇にしても、猫好きのすることは今も昔も変わらないとつくづく思う。余談だが、大江健三郎氏の家にいた「歯医者」という名の猫は、奥さんが猫好きということもあり、純金の鈴をつけていたと聞く。平安時代の貴族のお猫さまも、たぶんそういう待遇を受けていたのである。

象徴としての猫

清少納言と並ぶ宮廷女房・紫式部の場合も、猫が好きというよりは、物語の一要素として非常に効果的な猫を描いている。同じ一条天皇の後宮に仕えた女房なので、天皇の猫好きの様子をよく知っていたせいかもしれない。

『源氏物語』に猫が登場するのは、光源氏の中年時代である「若菜の巻」上下においてだ。猫を飼っているのは、ティーンエイジャーで源氏に降嫁《こうか》した朱雀院の娘・女三宮である。それまでにも多くの女性が源氏の周辺を賑わせてきたにもかかわらず、猫を飼っているとされる女性は一人もいない。女三宮が猫を飼っていたという設定にした理由は、一つには彼女がまだ少女といってもよい年頃で源氏の正妻になったことがあるだろう。一人前の大人の女ではなく、猫を可愛がるような子どもの心を残した女ということである。またもう一つの理由は、猫が高級な愛玩動物として貴族の間に広まっていたことにより、女三宮の高貴な身分を象徴しようとするものである。

猫が現れる舞台は、春三月。源氏が造営した六条院という広大な屋敷の寝殿の東面で、蹴《け》鞠《まり》が行われた。そこに連なった面々の中には、女三宮が源氏の正妻になる前から想いをかけていた柏木の衛門《えもん》の督《かみ》もいたのである。たくみな蹴鞠の技を見ようと、六条院の女たちは桜の散る中で行われる妙技を御簾《みす》の内から見物しており、女三宮も女房とともに試合の様子を眺めていた。すると、そこに思いもかけない出来事が起こったのだ。その箇所を見てみよう。

だらしなく部屋のすみに寄せてある御几帳の奥には、すぐ近くに女房がいて声をかければ返事でもしそうな様子である。ところが、唐猫のたいそう小さくて可愛らしいのが、もう少し大きな猫に追いかけられて急に御簾の下から走り出たので、女房たちは慌てて騒ぎ出した。猫はまだ完全に馴れてはいないようで、非常に長い綱がつけてあったのだが、それが物にひっかかったので逃げようと引きずる間、御簾の端が引き上げられ、中がはっきり

楊洲周延画「二品親王女三宮」(早稲田大学演劇博物館蔵201―3236)　江戸時代に描かれた三枚綴りの錦絵の一枚だが、女三宮は御簾の外に出た姿で描かれている。やや見にくいが、紐をつけられた小さな猫が足元に見えている。この他にも、立ち姿の美女と足元にじゃれる猫という構図の錦絵は多く、女三宮の見立てとなっている。

と見えるほどになったが、すぐに直す者もいない。

なんと、御簾が猫の綱に引きつれてまくれ上がってしまい、女三宮の姿が外にいる男たちの目に触れてしまったのである。柏木はそこで初めて女三宮を見るが、その上品で可愛い姿が目に焼きついてしまった。女房たちは気が利かないらしく、しばらく御簾はそのままになっていた。追いかけられた猫がひどく鳴くので振り返った女三宮の顔形は、鷹揚《おうよう》で若く見えた、とある。その場にいた夕霧の大将ははらはらするが、御簾を直しに行くのも身分にふさわしくないので、やむをえず咳をすると、女三宮はすっと奥へ引っ込んだ。

この一瞬が、後の女三宮と柏木の密通の端緒となる重要な場面となる。そのきっかけが猫だとは、なんという心憎い演出だろうか。柏木は逃げてきた猫を招き寄せて抱き上げてしまう。すると女三宮の移り香だろうか、とてもよい匂いがして思わず猫に頬を寄せるのである。この猫は、明らかに女三宮の「形代《かたしろ》」という性格を担っている。

後日、柏木は女三宮のきょうだいに当たる東宮のもとを訪れた。ここには、「御所の猫がたくさん産んだ子猫たちがあちこちに貰われていって、この東宮のところにも来ている猫がたいそう可愛らしく動き回るのを見ると……」という記述があるので、内裏でも猫を数多く飼っていたことがわかる。それを見た柏木は、どうしても女三宮のことを思い出さずにはいられない。そこで柏木はちょっとカマをかけるようなことを言う。

『絵入源氏物語』　女三宮がわずかにのぞく御簾から、紐をつけられた猫とやや大きい猫が縁に出てきている。本文には猫の毛色は記されていないが、この絵では白地に黒ぶちである。

「六条院の姫宮のところにおります猫は、普通では見られないような顔でとても可愛うございました。いいえ、ほんのちょっと見ただけでございますが」

東宮は猫をとくに可愛がる人であったので、その猫のことを事細かに柏木にたずねた。柏木はここぞとばかり、女三宮の猫をほめる。「唐猫で、こちらのとはまた違った体つきでした」などと言い、東宮が「見たいものだ」と思うようになるまで言葉を尽くしたのである。その結果、柏木は東宮を通じて女三宮の猫を手に入れることになるのだ。柏木はやっと手に入れた猫を、女三宮を愛するように可愛がった。夜、寝るときもそば近くに置き、朝になると猫の面倒をみて、食事の最中も撫でて可愛がるほどである。そのうち、人になつかなかった猫は柏木にすっかり馴れて、衣の裾にじゃれついたりするしぐさがとても可愛くなった。柏木が物思いにふけって縁先近くで横になっていると、やってきて「ねうねう」と鳴く。

この「ねうねう」という鳴き声は、猫の鳴き声の表現として初めて登場したのであり、大変珍しい例である。現代では「にゃあにゃあ」と表記するのだろう。この「ねうねう」には「(早く)寝よう寝よう」という裏の意味が隠されていると言われている。このややエロティックな解釈には、柏木が女三宮を女性として愛したいと願う気持ちが顕れているようだ。そして、「よしよし」とでも言いながら、柏木は猫を懐に入れてやる。

土佐光吉筆「源氏物語絵色紙帖」若菜下（京都国立博物館蔵）　柏木が、東宮を通じてもらい受けた女三宮の唐猫を懐に抱いている場面である。ここでは、猫は黄白縞の毛色として描かれているのが珍しい。柏木を見上げて「ねうねう」と鳴いているのか。

猫を女の象徴と見るこのようなくだりは、現代でも、たとえば谷崎潤一郎の『猫と庄造と二人のをんな』などに見ることができる。猫を愛撫するその手は、まだ手に入れられぬ女を愛撫するという幻想を呼び起こすのだ。

そして、遂に柏木は女三宮と結ばれる。けっして源氏に知られてはならない、秘密の関係であった。そんなある日、柏木は猫の夢を見る。

ただちょっと、眠るというほどもなくまどろんだ夢に、この手に馴れた猫が、たいそう可愛げに鳴いて寄ってきたのを、女三宮さまにさしあげようと思っているうち、目が覚めた。どうしてこんな夢を見るのだろう、と柏木は思った。

これについては、興味深い解釈がある。中世に数多く作られた『源氏物語』の注釈書の一つである三条西実隆《さねたか》の『細流抄《さいりゅうしょう》』には、「手馴らしし猫」という言葉の注として、

懐妊の事である。獣の夢を見るのは、妊娠したことを意味する。

という一文が見えるのである。つまり、猫の夢は女三宮が懐妊したしるしであるというのだ。そして事実、その夢の通りになってしまうのである。柏木と女三宮は、源氏の鋭い目を

逃れようとするが、源氏は二人の仲に気づき、柏木を激しく責めさいなむ。柏木はその恐怖から病に倒れ、亡くなってしまう。

この一連のエピソードに見える猫は、可愛らしいが「魔性」をも秘めた猫であることが知れるだろう。猫によって結ばれた二人は、猫によって生死を分かつことになるのだ。いわば、この猫は二人にとって運命の猫であったのかもしれない。清少納言が『枕草子』の章段で「猫の耳の中って、うろんだわ」と言い放つような単純さは、紫式部にはないのだ。彼女は、猫という存在を用いて、柏木の悲劇をいっそうドラマティックに仕立てているのである。

猫になった女

先に、猫は女の象徴となることを述べたが、猫に生まれ変わった女性もいる。『源氏物語』からやや時代が下った平安後期、『源氏物語』が読みたくてしかたなかった少女がいた。『更級日記《さらしなにっき》』の作者、菅原孝標《すがわらのたかすえ》の女《むすめ》である。物語を読むのが第一の楽しみという彼女は、姉と一緒に父の赴任先の東国から京へ帰ってきていた。そして、その日も夜がふけるまで物語に没入していたのだが、どこからともなく猫の長く鳴く声が聞こえてきたのである。はっとして起きてみると、たいそう可愛い猫がいるではないか。

「どこから来たのかしら?」と言うと、姉が「しいっ、静かに。可愛い猫ね。私たちで飼いましょう」と答えた。すると、大変人に馴れているのか、私たちの傍らに伏して寝た。もしかすると、どこかの飼い猫が紛れ込んできたのかもしれない、と思って、隠して飼っていたが、この猫は身分の低い者の方には行かず、いつも私たちと一緒にいて、食べ物もあまりきたなげなものは顔をそむけて食べなかった。

貴族の広いお屋敷のことである。親に隠れて猫を飼うくらい何でもなかったのだろう。この猫は作者と姉によく馴れて、可愛がられていたが、姉の方が病気になってしまう。そうしたどたばたの中で猫をかまう余裕がなく、北面に置いておいたが、猫はやかましいほどの鳴き声を上げる。どうしたらよいのだろう、と作者が悩んでいると、姉がふっと目を覚まし、こう言った。

「どこなの、猫は?　こっちに連れてきてちょうだい」私が不審に思って「どうしたの?」と聞くと、姉は「夢を見たのよ。夢の中で、この猫が私の傍らに来て『私は侍従《じじゅう》の大納言の娘が猫に生まれ変わったものなのです。あなたがた姉妹とまんざらご縁がないわけではないので、このように可愛がっていただけることになったのですが、このごろは身分の低い者たちの間で過ごさねばならないので、とてもわびしいのです』と言い、たいそう鳴く様子は、しかるべき身分の人なのだと思っているうちに、目が覚めたら本当に猫が鳴いていたのよ。かわいそうだわ」と語った。それを聞いてとても哀れになり、一人でいるとき猫を撫でながら「あなたは侍従の大納言の姫君なのね。大納言さまに報《しら》せなきゃ」と言いかけると、猫は私の顔を見て長い声で鳴く。それを見ていると、なんとなく普通の猫のようではない気がして、かわいそうになった。

「侍従の大納言」とは、藤原行成《ゆきなり》のことである。彼は「三蹟《さんせき》」、つまり筆跡の上手の一人に数えられるほどの人だった。おそらくその娘《むすめ》は生前孝標の女とその姉に面識があったのだろう。もしかすると、父譲りの筆上手で、姉妹たちにお手本などを贈ったりしていたのかもしれない。そういうご縁があったからこそ、猫に生まれ変わっても姉妹のもとへやってきたのだ。姉が夢でそれを知るというのも、猫が単なる動物というより、神秘的な力を宿した存在である、という当時の人々の意識がうかがえる。

だが、猫と姉妹の楽しい生活は長くは続かなかった。この後、姉妹の家が火事にあい、逃げ遅れた猫は焼け死んでしまうのである。侍従の大納言の娘は、本当に幸薄い女性であった。彼女は、今度も猫に転生するのだろうか。

猫と夢の関係は他の文献によっても知ることができる。鎌倉初期、藤原定家の姉である健《たけ》御前《ごぜん》が、春華門院《しゅんかもんいん》に二度目の出仕《しゅつし》（初めの出仕は建春門院《けんしゅんもんいん》）したときのことである。彼女の日記である『たまきはる』には、まだ幼かった春華門院についての奇妙な夢の話が語られている。

八条女院さまがお亡くなりになって、その喪も明けないうち、久しく御前に参らなかったころの夢である。春華門院さまが幼くていらっしゃるのをお抱き申し上げていると、突然美しい唐猫におなりになったので、「これはなんとしたこと」と驚いて夢から覚めたことがある。なんとなく胸騒ぎがして、思い至る限りあちこちに祈禱させ、女房仲間でもお祈りのことを申し伝えたけれど、人々はそれほども思われず……。

『たまきはる』は、健御前が仕えた建春門院の御所での生活がメインになっている日記だが、この春華門院のエピソードは、ばらばらになっていた遺文を藤原定家がかき集めたものの中に入っている。だから、猫の夢の意味や影響がどのようだったかは知られないのであるが、まだいとけない春華門院が猫に変身してしまうとはいかなる夢だったのか。『源氏物語』の柏木のように、猫を懐に抱くのは愛情表現の一つだった。それから推測するに、健御前にとって春華門院はこれから自分がお守りしてあげなければならない大切な人である、ということを意味しているのかも知れない。猫とは、最高にかよわい被庇護者《ひひごしゃ》の象徴でもある、ということだろう。

このように、猫と夢とは切っても切り離せない関係のようである。懐に抱くという親密さが、犬のような動物とは異なる点なのだ。懐には、その人の「こころ」がある。その「こころ」(「たましい」と言ってもよい)にもっとも近い存在、それが猫なのである。亡き河合隼雄氏が『猫だましい』(新潮社、二〇〇〇年)という本を上梓しているが、猫の夢とはいったい何なのか、氏の意見を聞いてみたいような気がする。

猫におびえる人

さて、今まで王朝時代の猫の、いわば雅《みやび》な面を見てきたが、同じ平安時代でも末期成立の『今昔物語集』には、可愛いと思う人には恋人より可愛い猫が、恐怖の対象となる話が載せられている。そこで、王朝時代の猫の締めくくりとして、説話に描かれた猫を見ていくことにしたい。ここには、「ねうねう」と甘える猫の姿はなく、さらにたくましく不思議な猫たちの群像が現れるのである。猫の時代も、少しずつ移り変わっていく。

『今昔物語集』巻二十八の第三十一話は、山城・大和・伊賀の三国の荘園領主である藤原清《きよ》廉《かど》が、上に納めるべき税米を滞納していた、というところから始まる。山城や大和といえば、遠くの国に比べると大変実入りがいい国だ。そのせいで、清廉は豊かな生活を送っていたのだろう。税米滞納も、そうした環境が影響しているのである。

この話はかつて、石母田正氏の『中世的世界の形成』(岩波文庫、一九八五年)において、荘園領主と国守の関係を語るものとして用いられたことがある有名なものだ。だが、我々にとってそれよりももっとおもしろいのが、猫との関係である。この清廉氏は、大の猫嫌いだったのだ。いや、「嫌い」というなら話はわかる。彼は、立派な大人のくせをして猫が怖かったのである。そのため、彼は「猫恐《ねこおじ》の大夫《たいふ》」というあだ名を頂戴していた。

国守は、清廉の滞納ぶりに業を煮やして、秘密の作戦に出ることにした。そこでまずは、清廉を自分の館に呼びつけたのである。

遣戸《やりど》の外で「率いて参りました」という声がしたので、国守は戸を開け「こっちへ入れよ」と言った。清廉が戸の方を見ていると、灰毛まだらの猫で、丈が一尺（約三十センチ）余りもあるのが入ってきた。目は赤く光り、まるで琥珀《こはく》を磨き入れたようで、大声で鳴いている。同じような猫が五匹うち続いた。猫が怖い清廉は、目からぼろぼろ涙を垂らし、国守に向かって手を摺り合わせて「止めてください」と頼む。しかし猫たちは、清廉の袖の匂いをかいだり、あっちの隅、こっちの隅を走りまわるので、清廉は顔色を変えて耐え難いこと限りない。国守はさすがにかわいそうに思い、侍を呼んで猫を引き出させ、遣戸のあたりに綱を短くして繋がせた。そのとき猫たちが放った「にゃあおうー」という大声は、耳を響かすほどであった。清廉はただ汗みずくになり、生きている心地もしなかった。

これは、「水責め」ならぬ「猫責め」である。猫が怖いという人は、現代でも意外にいるものだ。猫が寄ってくるとさりげなく逃げる人の姿を見かけたこともある。だが、清廉の場合はまるで妖怪にでも出会ったようなおびえ方だった。たしかに、一尺余りの猫が六匹も狭い部屋に入ると、かなりの喧噪《けんそう》になろう。清廉がなぜ猫が怖くなったのか、という説明は何もないが、この話では国守の作戦勝ちということになった。清廉はその場で、税米の支払いを確約したのである。

猫は、中世になると「ねこまた」という妖怪になると噂されるが、この話にもその片鱗がうかがえるようである。一匹の唐猫ならば慈しむ対象となるが、ぎゃあぎゃあわめく多数の猫は貴族にとっても不得手であるに違いない。この話で国守が用意したのが高級な唐猫であるはずはないが、綱で繋ぐ、とあるので、どこかから借りてきた家猫だったのだろう。この頃には、唐猫が野良化して交雑し、現在の家猫に近い存在が増えていたと思われる。

猫が怖いもの、不思議な力のあるものと認識されるようになるのは、もう少し先のことである。『今昔物語集』を下ること百年、十三世紀の説話集『古今著聞集《ここんちよもんじゆう》』には、そんな猫の話がいくつか散見される。

一つは、ねずみなどの獲物を捕ることで生活しているはずの猫が、獲物を食べずに放してやる、という記事である。この猫は、「貴所《きしよ》」と呼ばれる、天皇の護持などをする位の高い僧侶の飼い猫だった。

ある高位の僧が、「しろね」という猫を飼っていた。その猫はねずみや雀をよく捕ったが、あえて食べることをしなかった。人の前には持ってくるのだが、そのまま放してやるのである。不思議な猫であることよ。（巻二十・六八七話）

猫の習性として、捕った獲物を人に見せに来るということがある。この行動については謎が多く、「こんなの捕ったよ」と人に自慢するのだ、という説と、獲物の捕り方を人間に教えているのだ、という説があるそうだ。「しろね」の場合はどちらかわからないが、捕っても殺さない、というのは殺生戒《せっしょうかい》を犯さないということである。僧の飼い猫であるから、戒を守るという意味でもあるのだろうか。しかし、「しろね」も「こんなの捕ったよ」と人に見せたい気持ちがあったのか、いちおう、獲物を持ってくるところがなんとも可愛い。

この短い説話で注目すべきは、猫の名前である。それまで、飼い猫についての記述はたくさんあったが、名前がつけられているのは『枕草子』の「命婦のおとど」とこの「しろね」だけである。「命婦のおとど」は殿上しなければならないという必要上つけられた名前だったが、「しろね」はいわば普段の呼び名とでもいうべきものだ。故伊丹十三氏は猫好きで、「コガネ丸」という猫を飼っていたが、コガネ丸と遊ぶときにわざと架空の「シロネ」という猫を可愛がるふりをして、コガネ丸をじらせたそうだ。シロネは「白銀」の意なので、単純に考えれば、白っぽい毛色の猫だったのだろう。

さて、『古今著聞集』のもう一つの説話は、猫が年をとれば不思議な力を得るというものである。

保延《ほうえん》のころ、宰相中将の乳母が猫を飼っていた。その猫は高さが一尺ほどあり、力が強くてすぐ綱を切ってしまうので放ち飼いにしてあった。猫が十歳あまりになったとき、夜見ると背中に光が見えた。この乳母は常に猫に向かってこう言い聞かせていた。「お前が死ぬときは、私に姿を見せないでおくれ」そのためだろうかわからないが、猫は十七歳になった年、行方知れずになってしまった。（巻二十・六八六話）

原文の「背中に光あり」というところがよくわからないが、夜に背中が光っていたということだろうか。これは、猫が十年も生きたので不思議な力を得るに至ったということを意味するのだろう。また、十七歳といえば現代でも長寿猫である。ここで思い出すのは、頼長の『台記』だ。少年・頼長は「猫に十年の寿命を」と観音に祈ったが、彼が十年と言ったことの背景には、「猫の寿命は十年くらい」という認識があったのではないだろうか。しかし、十年を超えると超長寿猫になってしまい、宰相中将の乳母の猫のように、人知を超えた力を持つようになると考えられたのである。その能力は、人間にとって必ずしも好ましいものではなかったと想像される。貴族にとって、猫は懐に抱いて可愛がるくらいがよいのであり、あまりに長生きして妙な力をつけられるとかえって困惑するのだ。乳母の猫は神通力によってちゃんと人語を解していたので、死に際を見せなかったのである。

人語を解する猫とは、人間にとって多少不気味な存在でもある。古来、昔話などでもそういう猫は多かった。年経たものは化ける、という意識が、平安から鎌倉に至る間で人々の間に浸透したのである。これは、次章で述べる「ねこまた」の嚆矢《こうし》というべきだろう。

貴族たちに愛された猫は、平安時代から中世にかけて、次第にその様相を変えていく。単に「可愛い美しい」だけの猫ではなくなってくるのである。中世は、いわば猫にとって暗黒時代でもあった。もちろん飼い猫の数はふえ、絵巻に見られるように庶民でも猫を飼うようになっていったのだから、猫と人間の距離は縮まったはずだ。だが、人間の日常生活に猫が入り込んでいくにつれて、猫と人間の関係はより複雑になっていったのではなかろうか。

ね・こらむ①——和歌の中の猫

猫はずいぶん昔から人間とともに暮らしてきたはずだが、和歌に詠まれた猫は意外に少ない。その理由として考えられるのは、和歌では鳥を除いてあまり動物を歌語として詠み込まないということだ。しかし、ここで登場する秘密兵器が、あるテーマで詠まれた和歌を分類して集成した「類聚和歌集《るいじゅうわかしゅう》」と呼ばれるものである。その代表が『古今和歌六帖』と『夫木和歌抄《ふぼくわかしょう》』で、いずれも平安末期から鎌倉時代にかけて作られた。

ここには、「花」「うぐいす」などというような和歌の定番テーマのほかに、大変珍しいテーマで詠まれた歌も収載されている。そこで、猫を探すと、ちゃんとあるのである。ただし、猫には和歌に詠まれるとき用いられる「雅称《がしょう》」があり、それは「手飼いの虎」というのだ。猫と虎の関係はすでに見てきた通りで、自然にいる野生の虎ではなく、人間でも飼えるミニ虎が猫だったわけである。『古今和歌六帖』には、こんな「詠み人知らず」の歌が見える。

浅茅《あさじ》生《う》の小野の篠原いかなれば手飼ひの虎のふしどころみる（九五二番）

「小野の篠原」は、特定の地名ではなく、小さな細い竹が群生している原の意である。そこが猫の寝床というのだから、この猫は飼い猫ではないと見える。

『夫木和歌抄』でも「手飼ひの虎」は出てくる。

人心手飼ひの虎にあらねどもなれしもなどかうとくなるらん（一二九一八番）

これは恋の歌である。相手の心を猫にたとえており、それがどうしてうとくなったのか、という疑念を抱いているのである。これは、猫が犬のように「ご主人様」べったりではなく、勝手なときしか寄ってこない性質を相手の態度に重ね合わせたものと読める。王朝時代でも、現代でも、猫の性格はまったく変わっていないのがおもしろい。

先の「小野の篠原」でもそうだったが、鎌倉時代になると「のらねこ」という語が和歌に詠まれるようになる。これこそ、草しげき原に寝るのだろう。『夫木和歌抄』ではのらねこを詠んだ歌が二首並べてある。

余所にだによどこも知らぬのらねこのなく音《ね》は誰に契りおきけん（一三〇四三番）

まくず原下はひありくのらねこの夏毛かたきは妹《いも》が心か（一三〇四四番）

いずれも、寝床の定まらないのらねこを主題とし、裏に恋の心を隠している。前の和歌は、「寝床もないのらねこが鳴いているが、いったい誰を恋人としているのだろうか」というもので、後の和歌は「まくず原を歩く猫の夏毛は硬いが、あなたの心もそのように硬い」という意味である。猫は夏になると少し硬めの毛になるようだが、そのあたりの観察眼が鋭い歌だ。

のらねこを詠んだ歌はこれっきりしかないが、王朝時代には家猫とのらねこがはっきりと分かれていたことがわかる、興味深い例である。

第三章　ねこまた出現

猫の怪異

前章の終わりで、猫が次第に怪異を起こすものと見なされていくということを述べたが、たしかに、中世では猫は「魔性のもの」としてとらえられることが多くなってくる。先に『古今著聞集』で、珍しい猫の例を二例ほどあげたが、実はこのほかに、猫の怪異を示す話があることを、私はわざと伏せておいたのである。それは、猫の妖怪に使われる「ねこまた」という名で呼ばれてはいないけれど、実質的にはねこまたの怪異の嚆矢ともいうべき説話なのである。

観教法印は、嵯峨の山荘で、どこからともなくやってきた美しい唐猫を捕らえて飼っていた。その猫はなんでもおもしろく玉を取るので、法印は可愛がって遊ばせていたのだが、ある日、秘蔵の守り刀を持ち出して玉を取らせていると、猫はその刀をくわえて遁走《とんそう》し、人々が後を追っても捕まえることができず、行方知れずになってしまった。この猫は、もしや魔物の変身で、守り刀を奪った後、なんの遠慮もなく人々をたぶらかすのではなかろうか。恐ろしいことである。（巻二十、六〇九話）

いくら猫が可愛くとも守り刀を持ち出したのは観教の誤ちだと思うが、この猫の正体はいったい何だったのか、興味が湧く。何かが猫に化けたのか、あるいは猫自身もとから化け物だったのかも判別しがたい。ただ、十三世紀にすでに猫が化ける可能性がささやかれていたことは注目に値するだろう。

そもそも、猫の化け物の、おそらくもっとも早い記述は『本朝世紀《ほんちょうせいき》』久安《きゅうあん》六年（一一五〇）条だろうと思われる。ここではまだ「ねこまた」という言葉は見られないが、「山猫」と呼ばれる化け物が近江《おうみ》（現在の滋賀県）と美濃《みの》（現在の岐阜県）の山中に出現したというのである。

この頃、近江国甲賀郡と美濃国の山中に「奇獣」が出る。夜になると村に群れ入って、子どもを咬《か》んだり、大人の手足を齧るのだ。土地の人々はこれを「山猫」と呼んでいる。こういうことだから、人々はこの獣を殺し、皮をはいだ者もいた。その間に種々の噂が飛んだ。これはもっとも奇怪な出来事であった。

土地でなぜこの「奇獣」を「山猫」と呼ぶようになったのかはわからないが、すでに「猫は魔性」という風評が地方にも運ばれていたのではないか。種々の噂とは、この魔物退治の後も、まるで昭和の「口裂け女」のように周囲の国々に広まっていったことをいうのだろう。しかし、簡単に捕まって皮をはがれたなどというのは、「奇獣」にふさわしくないような気がする。もしかしたら、山中に生息する山犬などを「山猫」と称したのかもしれない。しかし、「人に危害を加える害獣」としての猫、という認識がなければ、このような誤解は生じないと思う。平安から中世へと、猫はその暗い側面を人間によって増幅させられていくのである。これが後世の「ねこまた」へと繋がっていく回路になったのではないだろうか。『古今著聞集』とほぼ同時代の、藤原定家の日記『明月記』（一二三三年）には、初めて「ねこまた」という言葉が見えている。これが、私が見た限り「ねこまた」という語の初例ではないかと思う。

八月二日、終日曇り。西北の方は雨が降ったらしいが、このへんでは降らなかった。夕方、奈良から使者の小童がやってきて言うことには、「このごろ、南都では猫股という獣が出てきて、一晩に七、八人の被害者が出ました。死者が多かったので、この獣を撃ち殺しました。目は猫のようで、その体の大きさは犬のようでした」という。そういえば、二条院の御時、京にこの「鬼」が来たといい、雑人《ぞうにん》はこれを猫股病と称し、沢山の人が病気に悩まされたという。私が幼いころ、人がこれを語るのを聞いたのだ。もしこれが宮中に及んでいたら、きわめて大変なことになったろう。

定家はここで「猫股」とはっきり記している。このねこまたと「鬼」との関係が今一つ明らかでないのだが、ねこまたも鬼と同類の化け物と考えられていたのかもしれない。ともあれ、犬のように大きなねこまたは、その噂だけでも人々を震撼《しんかん》させたのである。

しかし、同じように人間と暮らしていても、犬が化けた妖怪はまったく見えないのである。猫だけがどうしてこのように忌避《きひ》すべき獣となったのだろうか。

考えられる理由の一つは、仏教が生活に浸透しきっている中世という時代において、仏教が必ずしも猫を歓迎してはいなかったということである。永野忠一氏の調査によると、仏典には猫があまり良くは書かれていないという。氏の『日本を繋ぐ唐猫』（習俗同攻会、一九八二年）からいくつか抜き出すと、

・世間をあざむいた法師は、来世で猫に生まれ変わる。（『根本説一切有部毘奈耶《こんぽんせついっさいうぶびなや》』）

・邪悪で貪欲にして飽きることのない者で、親友を離反する者は猫に生まれる。（『分別業報略経《ふんべつごうほうりやくきよう》』）

・長く猫狗を飼っていると、これらはよく物を損害するので飼ってはいけない。（『明曠戒疏《みようこうかいしよ》』）

などがある。このほか、私がざっと目を通しただけでも、仏典で猫を「愛らしいもの、慈しむべきもの」と扱っているものは皆無に等しかった。このような仏教の「猫嫌い」が、中世の人々に与えた影響は大きかったのではないだろうか（ただし、第四、五章で述べるように、僧侶は経典を齧《かじ》るねずみを捕る猫を大切にしたという事実もある）。

その証拠といえるかどうかわからないが、釈迦が入滅《にゅうめつ》するさまを描いた涅槃図《ねはんず》に猫があまり登場しないといわれていることがあげられよう（実は、探せばけっこう猫を描いたものはあるのだ。第九章参照）。これについては、鴨長明《かものちょうめい》に仮託《かたく》された『四季物語《しきものがたり》』という資料に次のようにあることから知られる。

仏のいらっしゃる国でも、ねこまという獣は、姿形は虎に似ていても心はねじまがっている。虎といっても恐ろしいことばかりではなく、無防衛な子どもを守り、年老いた母をいたわる例もあって、やさしいこともあるが、ねこまはお釈迦さまのご入滅にも悲しいとは思わないやつである。涅槃図にも描かれないおどろおどろしさである。日本でも、ともすれば年老いた野良猫などは人の子どもを奪い、あるいは人の妻をたぶらかすひどいものだ。そのような危ないものを、帝が御前近くにお召しになり、お膝に抱かせなさることは大変恐ろしいことだ。ねこまなどは、長い綱をつけておくべきものだろう。

猫にとっては「立つ瀬がない」ほどの語気の荒さである。猫がまったく涅槃図に描かれていないというのは誤りであり、第九章で詳しく述べるように、東福寺のものをはじめとして猫のいる涅槃図も少なくはないのである。

さて、このように、猫＝化けるという図式が成立していくのは平安末期からだということがわかった。そして、中世になると例の有名な猫の化け物である「ねこまた」が現れるのである。そこで次に、「ねこまた」が登場する、大変有名な一文を検討することにしよう。

にせのねこまた

有名な『徒然草《つれづれぐさ》』の記事が、その「ねこまた」を描いている。高校で古文を習ったことのある人にはおなじみの「ねこまた出現事件」である。

「山の奥に猫またというものがいて、人を食うそうだ」とある人が言ったが、別の人は「いや、山だけではない。このへんでも長生きした猫が猫またという怪物になって人を取ることはあるだろう」などと言うので、それを聞いていた某阿弥陀仏とかいう連歌を生業《なりわい》とする法師で、行願寺のあたりに住んでいる者は、「おお怖いこと。一人歩きは心しなければ」と思っていた。そんなおり、あるところで夜がふけるまで連歌をして、たった一人で帰ってきたのだが、小川のほとりに行きかかったところ、話に聞いていた猫またがちょうど自分の足下へ来て、立ち上がり首を食おうとした。肝魂も消え失せた法師は、猫またから我が身を防ごうとしても力なく、足腰も立たず川へ転び入って「助けてくれ。猫まだ、猫まただ」と叫んだ。周囲の家々からたいまつを灯して人々が走り寄ったところ、近所に住む法師だとわかった。「これはどうしたことか」と川の中から抱き起こしたところ、連歌のほうびに貰った扇や小箱など、懐に持っていたものは水の中に沈んでしまった。法師は猫またに襲われながらも珍しく助かり、ほうほうのていで家に帰ったのであった。

ねこまたの話を聞いていながら夜道を一人歩きする人もいかがなものかと思うが、この話には次のようなオチがついている。

これは、法師が飼っていた犬が、暗かったけれど主人のお帰りだと知って飛びついてきたのだったという。

『徒然草』独特の皮肉っぽいオチである。結局、ここではねこまたの正体についてはまったくわからないままだし、噂だけが人々の心を脅かしているだけである。そうして、「ねこまた」の正体は飼い犬だった、という笑い話的な結末。これでは、本当にねこまたなるものがいるのかどうか、まったくわからない。

　だがしかし、『徒然草』からは、あくまでも噂であるがねこまた（と人々が思っているもの）のおおよその輪郭がわかるのである。一つは、人を取って食らうということ。二つ目には、長生きした猫が化けてなる、ということ。そして三つ目は、犬ほどの大きさだ、ということである。最後の「犬のような大きさ」というのは、後代の資料であるが『南総里見《なんそうさとみ》八犬《はっけん》伝《でん》』の猫の化け物が「その大きさは犬に等しい」と記されていることからも納得される。

　では、いったいこのようなねこまたの噂は、どこから生まれて流布したのだろうか。

　近世、十七世紀の『徒然草』の注釈書を参照してみると、北村季吟《きたむらきぎん》の『徒然草文段抄《もんだんしょう》』には、

> 猫また　これは和名猫（音は「ネコマ」）。『徒然草野槌《のづち》』では、金花猫《きんかねこ》は黄色の猫で、化けて婦女を犯して煩《わずら》いをなす、という。

とある。「金花（華）猫」については後に述べることとして、この二十年後に成立した『徒然草諸抄大成《しょしょうたいせい》』では、次のような記述が見られる。

> 猫また、猫の長く生きたもの（原文は「猫まのたけたる」）という意味でねこまたというらしい。和名は猫で音はネコマ、よくねずみを捕る。（中略）金花猫は黄色の猫である。

化けて婦女を犯して煩いをなす。雄猫に犯された場合は雄を殺してこれを治し、雌猫に犯された場合は雌を捕らえてこれを治す、というようなことが『続耳談月令広義《ぞくじだんげつれいこうぎ》』などという書に見えている。

こちらにはかなり具体的な対処の方法が示されている。しかし、それは「金花猫」についてであって、ねこまたではない。いや、ここでは「金花猫」とねこまたが同じものとして認識されているのである。「金花猫」とは中国の化け猫のことで、金花（華）という地域に住む独特の猫をいう。ほぼ同じ十七世紀の中国の書『五雑俎《ござつそ》』では、

南方に住む猴《こう》は魅となることが多い。たとえば、金華の家猫は、三年以上飼っていると、必ず人を迷わすことができる。

とある。『猫談義』の今村与志雄氏は金華猫とねこまたの比較分析をしているが、日本でも近世には、金華猫がねこまたと同じようなものであるという噂があったのである。金華地方とは、杭州の西南に位置する。今村氏によると、ここの猫は飼ってから三年経つと、夜中屋根に上り口を開いて月のエッセンスを吸うという（萩原朔太郎の『月に吠える』の詩のようだ！）。それを繰り返していると妖怪になり、深山幽谷に入って昼間は隠れているが、夕方

になると町へ出てきて人に取りつくのである。男に遭えば美女に、女には美男に化けて人間を惑わす。その退治法は、猫を捕獲してその肉を焼き、病人に食べさせるというのだ。『徒然草』の近世の注釈書がこうした中国文献の影響を受けているのは明らかだろう。ここにも、単なる猫がねこまたになるための条件が見えている。それは先に指摘したように、「年をとっていること」である。金華猫のようにたった三年で妖怪となるというのはちょっと早すぎる気がするが、日本でも老猫が化けるという説はかなり普遍的だったようだ。十七世紀から十九世紀の諸書を見ても、猫について語られるとき、老猫の怪は必ずといってよいほど記されるからである。『本朝食鑑』には、

おおよそ雄の老猫は妖怪となる。その変化のしかたは狐狸と変わらず、よく人を取って食う。俗にこれを「ねこまた」という。

とあり、『和漢三才図会《わかんさんさいずえ》』では、

おおよそ十年以上生きた雄猫には、化けて人に害をなすものがある。言い伝えによれば、黄赤の毛色の猫は妖をなすことが多い。

と記される。この毛色についての記載は、金華猫を意識したものである。

年老いたものが化けるということについては、猫だけに限らない。『今昔物語集』には老婆が化け物になって息子を食おうとする話があるし、室町時代物語の『付喪神記《つくもがみき》』では古道具が化けることになっている。だが、猫の場合は「十年以上生きた」という点にこだわっているようだ。たとえば江戸時代の奇談集成である『耳袋《みみぶくろ》』巻四には、狙っていた鳩を捕り損なった猫が「残念なり」とつぶやくという話が載せられている。この猫は寺で飼われていた猫である。それを聞いた和尚がびっくりして問い質《ただ》すと、猫はこう言うのである。

猫が物を言うのは、私だけに限りません。十年余りも生きた猫だったら、すべて言葉をしゃべれるようになります。それより四、五年も経ちましたら、不思議な力を手にすることもできるのです。しかし、そんなふうになるまで命を長らえる猫はほとんどいません。

ここでも、年老いた猫が神通力を持つようになることが明らかである。

これら近世の書物を見ると、『徒然草』に描かれたねこまたをベースにして中国からの影響を受けて猫の化け物が生まれたことがわかるだろう。それを整理してみると、次のようになる。

一、年老いたものは化ける、という認識
二、中国の金華猫からの影響

二股尻尾のねこまた

とりあえず以上の二点が確認できたが、ねこまたという妖怪の成立過程には、ほかにもいろいろな要素があると思われる。その一つが、狐の妖怪との関係である。十九世紀の『重訂《じゅうてい》本草綱目啓蒙《ほんぞうこうもくけいもう》』には、次のような化け猫の外見についての所見がある。

俗に、老猫で尻尾《しっぽ》が二股に分かれ、人をたぶらかすのをまたねこという。

また、伊勢貞丈《いせさだたけ》の『安斎随筆《あんさいずいひつ》』にも、尻尾の分かれた猫の妖怪についての言及がある。

数年の老猫は形が大きくなり、尻尾が二股になって災いをなす。これをねこまたともいう。尻尾が分かれているから（ねこまたと）いうのだろう。

これらの資料では、尻尾が二股という点が興味深い。たしかに浮世絵などの化け猫ではちゃんと尻尾が二つに分かれて描かれているからだ。しかし、なぜ年老いた猫の尻尾が分かれなければならないのだろうか。

その理由として考えられるのは、狐の化け物との関係である。狐は猫よりも早くから妖怪として認められてきたものである。中国にも狐の妖怪の話はたくさんあるが、日本で有名なのは、室町時代物語の『玉藻の前《たまものまえ》』だろう。インド、中国の皇帝に取り入って国を傾《かたむ》けた狐の妖怪が、遂に近衛院の頃日本へもやってきて帝を悩ますというあらすじの物語である。これは多くの伝本が絵巻の形式で伝わっており、その絵の部分を見ると、狐の妖怪は尻尾が九尾に分かれているのである。だが、これが九尾になったのはかなり後になってからのことで、サントリー美術館蔵の絵巻などに見えるように、当初は二股に分かれていたのである。狐の妖怪のおどろおどろしさを強調するために、次第に尻尾の数が増えていったのかもしれない。

猫と狐が具体的に関係を持つとする資料も見られる。猫が狐と交わって子を生んだ、というものだ。『燕石十種《えんせきじつしゅ》』五—百七十には、近世の口碑《こうひ》として次のような奇談が記されている。

目黒大崎というところに、徳蔵寺という禅寺があった。この寺には数十年も生きたまだら毛の猫がいて、いつも山に入って遊んでいた。明和《めいわ》元年の春、猫は子を生んだが、その子は常の猫とは異なっていた。毛色は白黒まだらの猫のようだが、姿は狐であった。たいそう珍しいものである。この猫は山で遊んでいるうちに狐と交わったのだろう、と人々は言

歌川国芳画「尾上梅寿一代噺《おのえきくごろういちだいばなし》」古幸猫のよふかい（早稲田大学演劇博物館蔵 100-8849） 弘化四年（一八四七）七月に上演された狂言で、四世鶴屋南北作の「独道中五十三次《ひとりたびごじゅうさんつぎ》」を改作したもの。梅寿（三世尾上菊五郎）の扮した妖婆の足元に、尻尾が二股に分れた化け猫が踊る。

い合った。

イヌ科の狐とネコ科の猫が交尾するはずはないのだが、このような珍説が生まれた背景には、『玉藻の前』の時代から繋がる猫と狐の関係、つまり、どちらもよく化ける動物である、という意識があったのだと思われる。近代でも、『遠野物語』に猫に化ける狐というのが登場している。岩魚《いわな》取りにでかけた若者二人が、可愛らしい猫を見つけて魚をやったりするが、猫が逃げようとしていろんな動きをするので殺してしまう。翌日見ると、猫は大きな狐になっていたという話である。

このように、猫は、いわば化け物の先輩ともいうべき狐との関係においてねこまた化していったと思うのである。先に、ねこまたがなぜ生まれたかという理由を箇条書きにして二点示したが、ここでもう一点、「三、妖怪と化す狐との関係」という条件を加えたいと思う。

子どもを襲う猫鬼

今まで、ねこまた誕生の背景をずっとたどってきたわけだが、中国や仏教の視点から見れば、最後にもう一つの要因をあげたいと思う。それは「四、猫鬼《びょうき》との関係」である。

「猫鬼」とは、いわゆる巫術《ふじゅつ》の呪《まじな》いに用いられる妖怪のことである。『中国の呪法』の著者、澤田瑞穂氏によれば、中国ではいろいろな動物を使って魔術的な行いをすることがあり、猫鬼もその一つなのだそうである。猫を殺し、その霊を使役《しえき》して呪詛《じゆそ》したり物を盗んだりするのだ。澤田氏や今村与志雄氏が紹介している有名な猫鬼事件は、隋の時代に起こったものである。本筋とあまり関係がないので詳しくは踏み込まないが、この事件は六世紀後半から七世紀初めにかけての隋の高祖文帝時代に起こった。独孤陀《どっこだ》という官人が猫鬼を使って人の家から金品を盗んだり、皇后の病気を引き起こさせたりしたのである。結局、独孤陀の家人は訴えられて誅《ちゅう》せられ、彼自身もまもなく亡くなった。

この猫鬼は子どもに取りつくことが多く、幼児が夜泣きするのはもっぱら猫鬼がついているからだと噂された。後世のものだが、清代の『子不語《しふご》』という書物には、子どもの夜泣きを「夜星子《やせいし》」と呼んで猫の怪異とする記述があるそうである。子どもの夜泣き声と猫の鳴き声がよく似て聞こえるから、このような伝承が生まれたのだろう。これを退治するためには、巫《かんなぎ》が呪物である桑の弓と桃の木の矢をもって捕らえるのである。

猫鬼はかなり古い時代に中国から日本に輸入されたらしく、すでに鎌倉時代の資料に登場している。それも、幼児を害する十五の悪しき鬼の一つとしてである。おそらく偽経《ぎきょう》（中国や日本で作られた経典）だと思われる『仏説護諸童子陀羅尼経《ぶっせつごしょどうじだらにきょう》』（大正蔵、第十九巻）には、幼児を悩ます鬼たちの姿やその対処法が書かれている。

この十五の鬼神は、常に世間を遊行《ゆぎょう》し、幼児を病気にさせ、恐怖に陥《おとしい》れるのである。

（中略）「曼多難提《まんだなんだ》」という鬼神は猫の形をしている。

十五の鬼神は、一般的には「十五童子経曼陀羅《じゅうごどうじきょうまんだら》」と言われる曼陀羅図にも描かれている。鬼神たちは猫をはじめいろいろな動物の形をとるが、これが中国でいう動物霊と思われる。この中には、必ず猫鬼が含まれているのである。

中世、流行した「伝屍病《でんしびょう》」（結核だといわれている）についての口伝を記す『伝屍病口伝《でんしびょうくでん》』（大正蔵、第七十八巻）には、

猫鬼はネコの形の鬼である。

と明記されている。結核は近代になってようやく駆逐されたが、中世では死病の一つだった。しかも、耐性のない幼児にとって、結核は大変恐ろしい病気だったに違いない。病気は誰かの呪いのせいだ、と考えられるような時代である。幼児の病気はとくに呪詛のせいだとされたのである。

十四世紀の天台僧が著した『渓嵐拾葉集《けいらんしゅうようしゅう》』（大正蔵、第七十六巻）には、「伝屍病」について詳しく記す巻がある。それによると、

伝屍病は、五種の天魔鬼のしわざである。鬼はそれぞれ一人に対して四人の眷属《けんぞく》（おとも）を持っているから、五人一組で行動するのである。だから、五人かける五種で、二十五種の病気のもととなるのである。（中略）第五番目の猫鬼も四人の眷属鬼を持っている。

というのである。古来、伝屍病を治す方法が「二十五方」といわれるのも、二十五種の鬼が取りつくとされたからだ。

このように、日本では猫鬼への畏怖《いふ》が古くからあった。同じ中国からの輸入であっても、近世に問題にされる金華猫よりは古いのだ。幼児の夜泣きは親にとっても本人にとってもいやなことに違いない。身も蓋もない解釈をしてしまうと、その「いやなこと」を猫鬼に転嫁してしまったことになる。ただ、猫鬼が少なくとも鎌倉時代から日本で信じられていたという事実は、後のねこまた出現への布石《ふせき》となったのではなかろうか。ねこまたにはさまざまな伝承と信仰のないまぜになった様相が見出されるからである。ここに、ねこまたが生まれた第四の要因を指摘することができよう。『明月記』では、「猫股病」が流行したという記載があったが、これは猫鬼が病気を媒介する者であるという特性を考えると納得できる。

中世に突如現れた猫の妖怪・ねこまた。ねこまたはこの後、近世になると化け猫とも呼ばれ、芝居や小説のよき題材になり、近世人の心を脅かすことになるのであるが、近世の化け猫物についての研究は多く、私の関心も中世が主なので、これ以上の追究は控えよう。

「童子経曼陀羅図」左／全体図　右／部分　「童子経」にもとづいて作られた曼陀羅図で、赤子を泣かせたり病気にしたりする「鬼」が、動物の格好で配されている。全体図の左真中あたりにいるのが「猫鬼」。

第四章　金沢文庫の猫

「かな」という猫

かつて、猫のことを「かな」と呼称していた地方があった。神奈川県の金沢文庫の周辺である。この名称は、金沢文庫の「かな」からとったと言い伝えられてきた。

金沢文庫、といっても、おおかたの人は忘れてしまっているだろう。ちゃんと高校の日本史で習ったはずなのだが……。金沢文庫とは、正しくは「かねさわぶんこ」といい、鎌倉時代の中頃に北条実時《ほうじょうさねとき》が建てた図書館の名前である。だから、正しい名称によれば「かな」ではなく、猫は「かね」と呼ばれなければならないのだが、それはちょっと置いておく。

北条義時《よしとき》の孫でたいそう学問好きな実時は、晩年になって武蔵国《むさしのくに》金沢荘に隠退し、文庫を建てて蔵書を収めた。実時の孫である貞顕《さだあき》も学問を愛したので、蔵書は増しに増し、一族だけではなく好学の士に貸し出されることになったのである。そして、学問を志す人々が集まり、金沢学校とも呼ばれた。

鎌倉幕府滅亡の後は次第に衰退し、蔵書は東隣りの称名寺《しょうみょうじ》の管理に移った。ここが北条氏の菩提寺だったからである。江戸時代には、残念なことに多数の蔵書が散逸してしまい、現在は約二万点が残っているが、称名寺の管理にかかるためか、ほとんどが仏書である。一九三〇年には文庫が復活し、そこへ収蔵されている。

この金沢文庫には私も深い思い出がある。大学院時代、仏書を拝見しに夜行列車で上京したのである。まだ改修がされていない称名寺には青いビニールカバーがかけられ、文庫も古い建物だった。ここで目的の仏書を見せていただいたのだが、整然と整理された蔵書に私は頭がくらくらした覚えがある。どこの馬の骨かわからない者が来たのに、担当の高橋秀栄さんはずいぶん親切にしてくださり、当時の館長の納富常天《のうどみじょうてん》先生とは二時間ほども話し込んでしまった。とてもいい思い出だ。

今は金沢文庫も立派な建物に生まれ変わり、蔵書の閲覧も、ほとんどが写真版に撮ってあるので比較的簡単である。蔵書は近年、一括して国の重要文化財に指定された。

さて、話がそれてしまった。「かな」のことに戻ろう。

この金沢文庫という古い図書館と猫がいったいどんな関係にあるのか、ということがまず問題である。これは、江戸時代の資料によって確かめられる。もっとも古い資料である浅井了意の『北条九代記《ほうじょうくだいき》』（一六七五）には、

「かな」というのは金沢猫の種で、人ごとにほめ、家に飼っているからいう名前であろう。猫を「かな」と称している。

とあるのだ。ここからは、金沢猫という特殊な種類の猫がたいそう立派で人にほめられる、それを「かな」というのだ、ということがわかる。では、この「金沢猫」とはいったいなん

だろうか。『北条九代記』より少し下る『日本釈名《にほんしやくみよう》』（一七〇〇）には、次のような興味深い話が載っている。

昔、相模国《さがみのくに》（武蔵国の誤り、筆者注）金沢称名寺に文庫があって、蔵書が多く収められていた。中国から書が多く船載されてきたとき、ねずみを防ぐためによい猫を乗せてきた。その猫の種を金沢猫といっているのを、略して「かな」とつけたのだ。

第二章で唐猫のことを述べたが、ここではその渡来についての明確な記事が確認できる。つまり、万巻の書を守るため、唐からねずみをよく捕るよい猫を選んで乗せてきたのだというのである。ねずみの害から守るために猫を飼うというのは古くからの習慣であるが、中国から、わざわざ猫を船で運んできたのだ。

これと同じような記事は、この後もいくつか目にすることができる。『大和本草《やまとほんぞう》』（一七〇九）には、

猫を「かな」というのは、昔、武州金沢の文庫に、中国から書物を取り寄せて収めたとき、船の中のねずみから書物を防ぐために、唐猫をも乗せてきた。これは「金沢のから猫」といって逸物である。『梅花無尽蔵《ばいかむじんぞう》』にも出ている。金沢猫を略して「かな」という。

とある。この中で出てくる『梅花無尽蔵』とは中世の禅宗の書物で、後でまた触れることにしよう。ここでは、金沢の唐猫が「逸物」として名高かったことが示されている。よほどたくましい、ねずみをよく捕る猫だったのだろう。しかも、中国から、危険を冒して船で渡ってきたのである。人間でも船酔いしたり、難破の危機に遭うというのに、これらの猫たちはそれを乗り越えて日本へ書を渡したのだ。『梅花無尽蔵』に猫の記述があるということは、『金沢山霊宝記《かなざわさんれいほうき》』（一七三〇）にもある。同じような記事だが、参考のため載せておこう。

昔、唐船が着いた時（中略）又唐猫を乗せてきた。そのため今に金沢の唐猫といって名物となった。この事は『梅花無尽蔵』にも見えている。

しかし、この唐猫は、日本でその後どうなったのだろうか。「今に名物なり」とあるからには、江戸時代にはすっかり日本にとけ込んでいたようである。唐猫は日本に上陸した後、おそらく金沢文庫でねずみ捕りに明け暮れ、次第に交雑をくりかえし、土地の猫として定着していったのだろう。その種が江戸時代に残っているということなのである。唐猫は、久々の陸地に喜んだのか、再び船に乗り込むことをしなかったようである。

この唐猫の子孫はねずみ捕りに偉大な力を発揮したようで、やはり猫を「かな」と呼ぶようになった由来を記す『物類称呼《ぶつるいしょうこ》』（一七七五）には、次のような逸話が載せられている。

今も、藤沢の駅のあたりで猫の児をもらうときに、その人「これはどこの猫でござる」と問えば、猫のぬしは「これは金沢猫です」と答えるのを常としていた。

これはすでに儀式化してしまっているやりとりだが、やはり「金沢の唐猫」の逸物ぶりは周辺に聞こえていたと思われる。

猫の塚

こういう話を聞いていると、金沢猫がついに中国へ帰らなかったらしいことがわかる。行きは必要であるが、帰り（もちろん、帰りには日本の文物を満載して帰ったのだろうが）にはさほど必要ではない猫たちである。また、長旅で気息奄々《きそくえんえん》としていた猫もいたことだろう。猫の末裔がこの地方にいるということは、日本で土着の猫として繁栄していったのではなかったか。猫は唐渡りのものとして称名寺で大切に扱われただろうし、いったん外へ出た猫がおとなしく船に戻るとはとうてい思えない。そのうち繁殖して数がふえたのは間違いない。

猫が船に戻らなかった証拠、とはいえないだろうが、金沢猫を埋めたという塚が残っている。これは『金沢名所杖《かなざわめいしょづえ》』という名所記の六浦千光寺《むつうらせんこうじ》の項にある。

> 堂の前に、唐猫の碑石がある。昔、唐船が三艘の浦に着いたとき、連れてきた猫の死んだのを埋めて、そのしるしに建てた石だという。今に至って唐猫の子孫がいるというのも、この故だろうか。

この千光寺は現在も残っているが、場所が移転している。金沢区の名所旧跡をまとめた佐野大和氏の『金沢ところどころ』（金沢区制五十周年記念事業実行委員会、一九九八年）によると、浄土宗の千光寺は今、横浜市金沢区東朝比奈一丁目の丘の上にあるが、もとは京急逗子線を百メートルばかり南へ行った右側にあったそうである。ここの猫塚は有名で、現在でもちゃんと建っている。やや長い三角の形をした石である。近くには「猫畑」という地名もあり、そこも金沢猫と関係する土地のよしである。

故郷を離れた金沢猫は、今もその足（肉球？）跡を土地に残しているのである。

金沢猫の特徴

猫とお経は切っても切り離せないもの、ということは、宮川道達の『訓蒙要言故事《くんもうようげんこじ》』に、僧はねずみが経典を嚙むのを憎んで猫を飼う。唐の三蔵法師は西方に赴いて経を取り、猫を携えてきた。

という一文が見えることでもわかる。あの三蔵法師がインドまで行って猫を連れ帰ってくるとはとうてい思えないが、それくらい猫が大切なものとされていたことを示している。経典を護る猫の「起源」は、こうして神話化されていく。

先から何度か『梅花無尽蔵』という書名が現われているが、これは禅僧・万里《ばんり》集九《しゅうく》の手になる書物で、十五世紀の僧の活動などもわかる興味深い本である。ここに、もっとも古い金沢猫の記述があるのだ。文明《ぶんめい》八年（一四七六）の条である。

二十七日、金沢の称名寺に入った。西湖の梅を問うたが、まだ開いてはいなかったのが残念だ。ここには楊貴妃が送った玉の簾と金沢猫、そして天竺や中国の書の目録がある。

楊貴妃の簾とは少しあやしいが、金沢猫が名物となっていることに注意したい。渡海の猫の伝説は、ここまでさかのぼるのである。禅の僧たちはこの金沢猫が気になっていたと見え、次の章で詳しく述べるが、禅の典籍『無門関《むもんかん》』の注釈書である『禅宗無門関抄《ぜんしゅうむもんかんしょう》（万安《ばんなん》抄《しょう》）』では「鎌倉の金沢猫が逸物ぢやというぞ」という一文があるくらいである。

さて、金沢猫には他の猫にはない特徴があったといわれている。『鎌倉攬勝考《かまくららんしょうこう》』には、里人にたずねると、日本の猫は背を撫でるときは自然に頭から低くして背を高くするものだが、唐猫の種類は、撫でるに従って背を低くする。これは他にたがうことがない。またみな前足より後ろ足が長く、その飛ぶことは早い。毛色は虎文、または黒白斑文のあるものが多く、尾は短いものである。

猫は体の構造上、前足より後ろ足が長いに決まっているが、撫でるときの姿の変化はこれとまったく反対の伝承もあり、よくわからない。尻尾も唐猫は長い、という別説もある。

金沢文庫の西岡芳文氏のご教示によると、金沢文庫にある涅槃図には唐猫が描かれている。普通、涅槃図にはあまり猫は描かないといわれているのだが、金沢猫は経典を守った徳によって特別に描かれているという伝承がその理由だ。たしかに、涅槃図の左下には、虎毛の「猫」が描かれている。

猫の左下には、やや大型のネコ科とおぼしき動物が見えるが、西岡氏によるとこれが虎であろうということだった。猫の方は、少し尖った顔立ちで、くるりと丸まって坐っている。あまり可愛いとはいえないが、まさに猫の姿態である。

金沢の人々がこれを金沢猫と言い伝えてきた気持ちはとてもよくわかる。金沢猫は高貴な

仏涅槃図　部分（称名寺蔵、神奈川県立金沢文庫保管）　下は猫の部分を拡大したもの。伝承では、この猫が「金沢猫」であるといわれている。唐猫らしい虎文の毛色である。尻尾の長さが特徴的だ。

血を引く土地の誇りなのであろう。一介の動物ながら、万巻の書を守って命をかけてやってきた金沢猫。それによせる人々の愛情は、文献でたどれる以上のものだったに違いない。

金沢猫の毛色については、菅江真澄《すがえますみ》が全集（第十巻、未來社）に書き残している。それによると、金沢猫の尻尾は短く、体も大きくはなく、三毛斑文などがいた、とある。この尻尾の長さなども伝承によって異なる。毛色はいろいろなものがあったらしいが、後に金沢猫と呼ばれる毛並みは斑文のようである。

この金沢猫の伝承は、昭和三十年代まで続いた。異例の長さといえよう。土地の伝承というものがどのくらい続くかという見本でもある。あの有名な『アブサン物語』（河出書房新社、一九九五年）をものした村松友視氏の祖父に当たる村松梢風《しょうふう》氏が、「猫」（『七いろの人生』三笠書房、一九五八年）という随筆に昭和の金沢猫について書き残している。ここは原文で示そう。


いまから七年ばかり前、私の家へ一匹のメス猫が舞い込んで、押し入れの中でお産した。（中略）この地方では金沢猫とも呼ぶ種類の、まだら毛の猫であった。伝説によると鎌倉時代に宋の船がこの猫を三浦半島の金沢へ持って来た。その種がこの地方に繁殖したのだという。美しい毛並みである。おまけに私の家へ来たメスは素晴らしいグラマーで、美貌でもあった。

斑文の毛並みの猫が、この当時では金沢猫の末裔だと信じられていたのである。この書きようでは、梢風もなかなかの猫好きのようだ。当時、彼は鎌倉に住んでいた。

しかし、残念なことにこの猫は避妊手術の失敗で亡くなってしまう。亡くなる間際、梢風の膝にピョコンと飛び乗ったという。悲しいエピソードである。

猫好きも、猫嫌いも、いろんな人がいるけれども、この金沢猫の物語（といっていいと思う）は人間と猫の間にある暖かい感情を刺激してやまない。

第五章　猫を愛した禅僧たち

猫の詩句

室町時代になると禅宗が勢力を持ちはじめる。そうした中で、禅僧にも猫を飼い、可愛がる人が出てくるのである。驚くべきことに、その数は数え上げるのも大変で、どうして禅僧の猫好きがこんなに多いのかと思うくらいである。というより、禅僧は猫のいろいろな姿態《したい》を詩句に書き残しているから、その数が多いと感じるだけなのだろうか。

たしかに、禅僧は猫を詠んだ漢詩を残しているが、その理由は単に猫好きのお坊さんが多かったということを意味しない。近世の歌舞伎衣装の猫模様について論じた藤井享子氏(「江戸前期小袖の猫文様について―『源氏物語』の唐猫の近世的展開―」河添房江編『王朝文学と服飾・容飾　平安文学と隣接諸学　9』竹林舎、二〇一〇年)は、中世の禅僧がよく用いた辞書の『方語』や入門書の『句双紙』に、「牡丹花の下で睡《ね》むる猫」という画題が「心が穏やかで悟った様子」を表すという中国禅僧の解釈を載せていることを指摘している。これは、宋代の禅僧が交わした禅問答の一節であり、禅僧なら周知のことだったのだ。

したがって、猫を詠んだ詩句は猫のたたずまいを禅の教義と関連づけて解釈すべき場合が多いことに気をつけておきたい。ただ、すべてが画題にそった絵画や典籍に依拠したとは私には思えない。書物を友として一人思索にふけるという生活の身近に実際の猫がいたからこそ、これほどの詩句が生まれたかもしれないのである。

　では、具体的にそれらの詩句を見ていくことにしよう。十四世紀の有名な僧侶、義堂周信《ぎどうしゆうしん》は、足利義満《あしかがよしみつ》に招かれて入洛し、建仁寺や南禅寺の住持となった人である。彼は『空華集《くうげしゆう》』という詩集を残している。まずはそこから二つ。これは、「猫画二首」と題にあるように、いずれも猫の絵を見て詠んだ詩のようである。

　猫児母の傍らで眠る　己に歃血《そうけつ》の気有り
　言を寄す鼠輩《そはい》宜しく知るべし　真箇後生畏るべし
（猫の子が母の傍らで眠っている。それをいいことにちょっかいをだしているねずみたちも、眠りから覚めた猫が、その真の能力を発揮したときには慌てふためくだろう）

　猫が母猫のもとで眠っている絵を見て詠まれた詩である。母子のやさしい絵柄に思えるが、いったん猫が目覚めたらねずみたちなんか安穏としてはいられまい、という内容だ。先述の通り、眠る猫には悟りすました境地が重ねあわされているが、絵を見ている周信の視線の暖かさを感じられる詩である。
　次も猫の絵の詩だが、これは少し変わっている。

　夜来《きた》る群鼠《ぐんそ》蜂起して我が床頭の宝書を嚙《か》む

戯《たわむれ》に新図を把《と》て壁に掛ければ蕭然《しょうぜん》として駆除を待たず
(夜になるとねずみが群をなして私の枕もとにある貴重な本を嚙む。それで猫の図をとって壁にかければ、それに恐れてねずみはしゅんとしてしまい駆除することもない)

禅僧にとって、ねずみが厄介者なのはなんといっても書物を囓《かじ》られるからである。夜、ねずみが暗躍するのをくやしい思いで聞いている。そこで猫の出番だが、本物の猫がいない場合はどうするか。猫の絵を掛けるのである。江戸時代の歌川国芳の絵のように、この時代にも「ねずみよけの絵」というのがあったらしい。藤原重雄氏は『史料としての猫絵』(山川出版社、二〇一四年)で、十四世紀半ばの『仏日庵公物目録《ぶつにちあんくもつもくろく》』に「猫児二鋪」という絵画があったことを示し、猫を描いた絵がねずみよけの猫絵として鑑賞された可能性を想定している。つまり猫の絵を見ただけでもねずみは恐れをなして近づかない、というのだ。絵に描かれた猫にねずみがおびえるということが信じられていたのである。効果のほどはわからないが……。

禅僧と猫とのかかわりは時代を超えて続いていったようである。周信より二百年後の策彦《さくげん》周良《しゅうりよう》も『謙斎詩集《けんさいししゅう》』(一五七九)で猫の詩を詠んでいる。これは悲しい詩である。猫の死を詠んだものなのだ。

悼猫児

猫児不幸にして俄《にわ》かに横死す　鼠輩群をなして喜声あり
好《よ》し転《うた》た身を全うして天に上り去るも　飢うるに堪ふる四子は可憐生《かれんせい》

(猫が不幸にして俄かに横死してしまった。ねずみのやつは群をなして走り回っている。急死した猫の体は天に召されたけれど、残されて飢えに堪えている四匹の子猫を見るのは不憫に堪えない)

これも、周良がねずみ対策に飼っていた猫だろう。もちろん、こうした画題の絵を見て詠んだ可能性はあるが、にわかに亡くなった猫と、残された子猫へのあわれみぶりはリアリティに満ちている。なお、ここで「猫児」とあるのは必ずしも「子猫」を表すのではなく、大人の猫の愛称である。

周良の猫は雌猫であったようだ。彼女は子を養うためにねずみ狩りに出かけていっては周良の信を得ていたらしい。周良も単にねずみ捕りだけのために彼女を飼っていたのではなく、このような詩を作るに当たっては、愛玩動物、いや、学問の友として扱っていたのではないかと想像してみたい。

猫の死を悼んで、猫を「長老」と名づけた人もいる。猫に戒名はつけないが、それに準じたものだ。彼は鉄山宗鈍《てつさんしゅうどん》といい、『金鉄集《きんてつしゅう》』という詩集を編んでいる。周良と同じ時代の人だ。

「八方睨みの猫」（西本願寺蔵）　書物を守る猫としては、西本願寺の書院天井画が有名である。たくさんの書物が描かれた中に、一枚だけ猫の絵があることを知る人は、さほど多くない。

猫児の死にたるに、昨、道願上坐《じょうざ》と名づく　八月朔日
一刀両断祖生の鞭　成仏すべからく群鼠を先んぜしめん
（猫が死んだので、昨日、「道願長老」と名づけた。八月一日のことだ。お前が幾多のねずみを退治した行為も、成仏の妨げになることがないように祈っているので、極楽でも鼠たちを追い回しておくれ）

この詩には二句目があるのだが、それは後に触れるのでここでは置いておく。猫が死んだ場合は、成仏できるかどうかが問題となる。それは、猫は必ずねずみを捕って食うからである。つまり、殺生をしなければ生きていけない動物だからなのだ。しかし、僧はねずみの害から書物を救うために猫をいわば利用しているのだから、僧が殺生をさせているようなものでもある。だから、猫が死んだとき、殺生をしたけれどそれは必要な殺生だったと仏に祈ってやることが大切な供養だったのである。

猫好き桃源瑞仙

十五世紀の禅僧、桃源瑞仙《とうげんずいせん》は猫好きで知られている。彼は中国や日本の古典に注釈をつける仕事をしたことで有名だが、その識語《しきご》、つまり、あとがきに猫の消息を書き綴っているの

である。ここから彼の猫好きがうかがえる。
多くの注釈書の中でもっとも「猫好きぶり」が知られるのは『百衲襖抄《ひゃくのうおうしょう》』という、中国の『周易』の注釈である。ここには、三ヵ所に猫の記載が見出せる。それも、彼は一匹だけを飼っていたのではないらしく、複数の猫の所在が確認できる。
まず、第一番目の記事はこうである。『周易』にいろいろ注を施したあげく、各章の最後にその執筆の事情が記されている。

前の章を見ると、これを書いたのは七月十四日だった。その後暇がなくて十月二十二日まで放っておいた。そこでまたこの章を書く。ああ、日はなんて短いのだろう。一日の大半は他人のために暮れてしまう。ここまで放置していたのも私の罪ではない。執筆は二十三日、真夜中に終わった。弟子の尤沙は眠って傍らにいる。私の二匹の猫もまた眠っている。私も眠ることにしよう。これで私を加えて「四睡」となるのみである。

「四睡」とは禅画のよく知られた題で、豊干《ぶかん》和尚と弟子の寒山《かんざん》、拾得《じっとく》、そして虎の四者が身を寄せ合って眠る姿を描くものだ。穏やかで安定した境地を表す絵であり、桃源瑞仙は自分のかたわらで眠る弟子と二匹の猫を「四睡画」にたとえたのである。深夜の執筆のあとの疲労と安堵の気持ちが、無心に眠る猫たちに投影されている。

瑞仙が二匹の猫とともにあったのはこれでわかるが、残念なことにこのうちの一匹は翌日凍死してしまうのである。陰暦十月の末は、さぞ寒かったろう。瑞仙はこの凍死した猫のことを何も記していないが、おそらく気落ちして詩でも作ったのではないかと想像する。残ってはいないが……。

さて、次の記事である。これは別の猫の死について書かれたものである。

晩になって病を得た猫は死地に赴いた。私はみずから柴をとって燃やし、猫を暖めた。しかし、少し経って猫はついに死んでしまった。なんとかわいそうなことだろう。

これはいつごろの時期なのかわからないが、柴で暖をとっているのを見るとやはり寒い時期だったようだ。当時の猫はねずみを食料としていただろうから、狩りに行けない病んだ猫は食べるものがなくなってしまう。だから衰弱も早かったのではないだろうか。なんとか猫を救おうと柴を燃やし続ける瑞仙の姿が同情を催す。彼にはそれくらいしかなすすべがなかったのだろう。病によって引き裂かれた一人と一匹の間には、同じ学問仲間として通じあうものがあったのかもしれない。

最後の瑞仙の猫の記録はもっと明るいものである。これは文明七年（一四七五）のこととわかっている。瑞仙のところにはたくさんの猫がいたのか、それとも補充したのかわからないが、死んだのとは別の猫のことである。

猫が私の膝の上に乗っている。猫は舌を櫛の代わりにしてその毛を梳《くしけず》っている。しかし、体はなんとかなるが、頭だけは舌が届かない。それで、手をなめて頭を拭っている。洗面しているのだろうか。

これはまた、瑞仙の暖かな愛情と観察眼が感じられる記述である。その観察の細かさにも驚かされる。瑞仙はしばしば猫を膝に乗せていたようだ（いや、猫が乗ってきた、というべきか）。猫が膝の上で身繕《みづくろ》いするというのは、猫好きにはたまらない。

猫の舌というのはざらざらしている。これは、肉食動物に特有の性質らしい。肉を食べるとき、骨から少しでも多く肉を引き剝がすためだという。そのほか、櫛の代わりにもなる。舌で毛をなめるとおのずから毛が揃うのである。顔を洗う、とされている動作は手（前肢）で行う。猫が耳の後ろまでなめると雨になる、などというが、ここではあまり関係ないようだ。おしゃれな猫はこの「お化粧」をしつこく何度もやっている。本当は、猫が体臭を残さないようにするための大事な行為である。

瑞仙の猫好きはこれだけでもよくわかるが、同時代の禅僧が瑞仙の姿を描写している記事にも猫が出てくる。『蔭涼軒日録《いんりょうけんにちろく》』長享《ちょうきょう》二年（一四八八）十二月二十二日の条には、筆者の

季瓊真蘂《きけいしんずい》が瑞仙をたずねた記事が見える。それによると、
瑞仙は猫を抱いて炉辺に座っていた。まるで唐の高僧を彷彿とさせるようだった。
とある。唐の高僧が猫を抱いている絵を私は見たことがないが、おそらく猫を抱く格好が高僧のスタンダードというのではなく、瑞仙の鷹揚とした姿がそういった雰囲気を醸し出していたと思われる。陰暦十二月は極寒である。猫も暖かでやさしい膝を求めたに違いない。その様子が、たいそう幸せそうでゆったりした姿だったからこそ、高僧になぞらえられたのである。猫と人間の幸せな関係が見て取れるエピソードである。

このように、禅僧の中には「猫好き」といって間違いないような人もいたのである。蛇足であるが、私がこれで思い出すのは、P・J・デーヴィス著の『ケンブリッジの哲学する猫』（社会思想社、一九九二年）という本である。これは、ケンブリッジ大学で教鞭をとる教授の物語だが、本文中に教授の研究している九世紀のアイルランドの謡が出てくる。これは意味がよくわからないので有名な謡らしいのだが、猫好きの教授はここに出てくる「パングル・ボーン」という名前が猫のものだと推測し、それをこう訳しているのである。

私と猫のパングル・ボーン、どちらも人知れぬ特技に励む。

あちらは小さき生き物を追い、こちらはいにしえの師と語らい。

挿絵には、修道僧が猫をだっこして書き物をしている絵が載っており、とても可愛い。九世紀のアイルランドでも、ねずみが書物を害するので、猫が修道院に飼われていたのだろう。時代や国は違っていても、こんな猫と人間の関係があったということは、猫好きにとって喜ばしいことではないだろうか。

だが、禅僧は猫を愛したばかりではないのだ。真理の追究のためには猫を殺した僧もいる。次に、それを語ることにしよう。

南泉斬猫の公案

先に、鉄山宗鈍が猫の死を詠んだ詩を紹介したが、あえて二句目はあげなかった。それには理由があるのだ。二句目はこうである。

忽ち覚めては牡丹花の下で睡むる　秋風昨夜南泉老ゆ

これは、極楽でも変わらず（というのはちょっと変だが）ねずみを追いかけ回しておくれ、という詩の一部である。極楽で、猫は目が覚めてはねずみを追いかけ、牡丹の花の下で眠る。この、猫と牡丹の花との組み合わせは中国独特のもので、日本にも禅画がたくさん入っている。牡丹の下で眠る猫とは、第一章でも述べたように富貴と長寿のシンボルであるが、ここでは安穏の意味が強いようである。

ところで、問題は下の句だ。「昨夜秋風が吹いて南泉が老いてしまった」という意味だろうが、この突然出てきた「南泉《なんせん》」という人物はいったい何者だろうか。実は彼は禅宗では大変有名な中国の僧なのである。

禅では、「公案《こうあん》」というものがある。禅問答として知られるように、禅では決まった問題を弟子に出して答えさせるという修行がなされる。日常会話で禅問答といえば「ちんぷんかんぷん」なことをいうのだが、実際の禅問答もすこぶる難しく、非常に形而上学的な問答なのである。この問題を集めたのが、『無門関』や『碧巌録《へきがんろく》』などという書物である。

南泉がなぜ老いなければならなかったか、という答えは少し先にのばして、この南泉が出てくる有名な公案について述べておこう。題して「南泉斬猫《なんせんざんみょう》」という。『無門関』にも『碧巌録』にも載っているが、ここでは簡単な記述の『無門関』にしたがっておく。

ある日、南泉和尚が東西の堂（弟子が学んでいるところ）を通りかかると、両堂の僧が子猫一匹を間に言い争っている。そこで南泉は猫をつまみ上げると「この猫についてお前達何か言うてみよ。さもなくば猫を斬ってしまうぞ」と言った。両堂の弟子たちは何も言うことができなかった。南泉はそれで、持っていた鎌で猫を斬って捨てた。

猫好きには残酷過ぎる話に聞こえるが、ここには禅の思想が詰まっているのだ。まず、弟子たちが猫を争っているのは何のためか、この中には記されていない。いろいろな解釈があるが、あるものは猫について禅問答の勉強をしていたともいい、あるものは猫に仏性（ほとけになることのできる素質）があるかどうか問答していたともいい、またあるものはペットとして飼いたいために争っていた、ともいう。私にはどれが正しいのかよくわからないが、寺には書物があるのでねずみ捕りの猫は必須である。だから、余り難しいことを言っていたのではなく、「この猫は東堂の猫だ」「いや、西堂の猫だ」と所有権を争っていたのではないかと想像する。

この猫をなぜ南泉が取り上げたのか、ということだが、これもよくわからない。これを機会に若い僧に禅問答をさせてやろうとしたのかもしれない。猫について何か言え、というのは猫という公案に対してうまく答えを出せということだろう。弟子たちは焦ったに違いない。猫も惜しいが、公案に答えられないのもまた悔しい。しかし、満座からは何の声も出なかった。南泉は無造作に猫を斬り捨てた。

この話には、実は後日談がある。

小川芋銭筆「斬猫」（茨城県近代美術館蔵）　近代の異色画家である小川芋銭の作。ユーモラスでひょうひょうとした画風であるが、片手でつまみ上げられた子猫と物騒な刃物との対比がなにやら不気味な感じを表している。だらりと伸びきった猫の後ろ足には、あきらめの気配が漂っている。

その夜、南泉の高弟である趙州《じょうしゅう》が帰ってきた。そこで今日の話をすると、趙州はだまってはいていた靴を頭の上に載せて部屋を出ていった。これを見て南泉は「趙州があの場にいたならば、あの猫を救うことができたのに」と悔やんだ。

これもよくわからない話である。なぜ靴を頭に載せる行為が猫を救うことになるのか。この一連の公案について、松原泰道氏は『公案夜話《こうあんやわ》』(すずき出版、一九九〇年)で次のように述べている。

思えば、私たちはこの猫騒動のようにつねに自他の対立で心身をすり減らしているのです。そして所有欲に明け暮れ追いまわされているのです。南泉は、あえて不殺生の戒を犯して猫を斬ることによって、自他の対立や欲への執着を切断したのです。したがって猫はたんなる猫でなくて、人間の持つ一切の執着や自他の対立の表象です。

そして、趙州が靴を頭に載せる行為については、山田無文師の言葉を引用してこのように解説している。

いつも脚に踏みつけておるものを、頭の上に載せただけのことである。常に踏みにじられておるもの、泥にまみれておるものを頭に頂かれたのだ。（中略）わらじではない、一切衆生を頭の上に載せておるのだ。（中略）南泉が猫を斬ったのは、人間の所有欲をブチ斬ったのだ。趙州が草鞋を頭上に載せたのは、身体も命も財産も皆さんのものです。お預かりものですよ、と載せたのだ。

禅に詳しくない私が俗人の立場で考えるに、南泉は人間の煩悩すべてを猫に託して斬ったが、趙州は猫を生かして、汚い靴を頭に載せることですべてを受け入れた、ということではないかと思う。南泉の立場をもう一段高い立場へ導いたのが趙州だったというわけである。

これで、冒頭の宗鈍の詩に立ち返ると、死んでしまった猫にはもう南泉の鎌も届かない、南泉も老いてしまったから、ということになるだろう。このように、この公案は禅僧の詩のテーマによく用いられるものなのである。

もういちど公案

さて、猫の公案の内容はだいたい理解していただけたかと思うが、これは古来難しい公案として有名であったらしく、その後の日本における『無門関』の注釈書にもさまざまな説が見えるので、ついでに紹介しておこう。

『無門関鈔《むもんかんしょう》（春夕鈔《しゅんせきしょう》）』（一六二四）には、猫の立場が微妙に異なった記述が見られる。猫が単に争いの種になる前に、あることをしていたというのである。

南泉和尚は、山寺にねずみが多くて布団や衣鉢を嚙み破るので、僧堂で猫を飼っていた。また、ほかの注によると、南泉が堂の座に上がると、猫が法座へ飛び上がった、という。弟子たちが我が猫じゃ、我が猫じゃと争っているとき、猫が、何を思ったか南泉の法座へつっと飛び上がったと見えた。そのとき南泉は猫をつまんで「この猫について何か言う者があるか、ちゃんと言えれば猫を助けるぞ」と言った。しかし、誰も何も言えなかったので猫は斬られてしまった。

ここには本来『無門関』にはない話が付け加わっている。猫が南泉の座っている法座へ飛び乗るというアクシデントが起こったのである。さすがに山寺なので、ねずみよけに猫は飼っているが、もしかしたら南泉は、猫が嫌いだったのではあるまいか。それで、法座にいきなり飛び乗った猫をつまんで弟子に禅問答をふっかけたのでは……。などという空想が湧く。

さて、この公案は近代文学の研究者の間でもかなり知られている。というのは、三島由紀夫の『金閣寺』に記されているからだ。ちょうど敗戦の日、長老は弟子を呼んでこの公案についで話をした。それによると、三島は弟子が猫を争ったのは自分たちのペットにしようとしたためである、と書いている。『作家の猫』（平凡社、二〇〇六年）という写真集を見ると、三島が書斎で猫を抱く姿が残されているので、どうやら猫派らしい。ペットにしよう云々というのは、いかにも猫好きの考えに思える。

三島は本文で、この公案はそれほど難解ではない、としている。最後に、三島の解釈を引いてこの章を終わりにしよう。

南泉和尚が猫を断ったのは、自我の迷妄を断ち、妄念妄想の根源を断ったのである。非情の実践によって、猫の首を斬り、一切の矛盾、対立、自他の確執を断ったのである。これを殺人刀と呼ぶなら、趙州のそれは活人剣である。泥にまみれ、人にさげすまれる履というものを、限りない寛容によって頭上にいただき、菩薩道を実践したのである。（『金閣寺』　新潮文庫、二〇〇三年）

どうであろうか。三島の禅解釈は非常にさっぱりしている。猫の仏性などというものも問題にしていない。この公案、猫好きはいかなる解答を出すのだろうか。読者も一度、猫を膝に抱いてじっくり考えてみるとおもしろいかもしれない。

ね・こらむ②――犬に噛まれた猫

猫と犬とは天敵の仲……。まあ、最近では犬に育てられた猫だとかが新聞を賑わせているが、基本的には犬が大好きという猫は多くない（もちろん、そういう育て方をすれば別であるが）。

犬にもよるが、現代ではよほど野性的な犬以外は猫を襲わないようである。ところが、昔は野犬がうようよしていたし、そういった一群は猫どころか人をも襲ったのである。よく絵巻で墓場のシーンがあるが、死体を食い散らかしているのは犬と烏だ。この二種類が描かれているとそれは墓場というお約束になっているのである。

さて、古記録によると大切にしていた飼い猫を犬に襲われたという記事が出てくる。ここには二例紹介するが、いずれも猫への哀悼《あいとう》の気持ちが現れているものである。

一つ目は藤原定家の『明月記』だ。承元元年（一二〇七）七月四日、この日は朝から曇りで後雨になった。定家が帰宅すると、三年前から飼っていた猫が犬に殺されていた。定家は本来あまり猫が好きではなかったのだが、妻が飼っていたのでようやく愛着が湧いたところだった。この猫はおとなしく、ほかの猫のように大声で鳴き叫ぶようなことはしなかった。猫が殺されたのは、隣家との塀がほとんどなくなっていて、野良犬が多数うろついていたせいらしい。

定家がわざわざ日記に記しているのは、猫の死に様が悲惨だったからであろう。どんな動物でも、殺されてはたまらない。さほど猫好きではなかった定家の心を、この猫の死がゆさぶったのである。

次は、時代が室町に下る。伏見宮貞成親王《ふしみのみやさだふさ》の『看聞御記《かんもんぎょき》』応永《おうえい》二十六年（一四一九）四月十五日条である。これは日記の頭の部分にメモのように書かれている。いわく、飼い猫が先日犬に食われ、今日死んだ。かわいそうだったので、ここに記した、とある。

伏見宮はとくに猫好きで有名ではないが、貴族皇族の家には猫の二、三匹くらいいつも飼われていたのではないだろうか。伏見宮家は京の南、伏見にあった。このあたりはまだ田舎であって、野犬も多かったのだろう。被害にあったのは子猫だったのだろうか。猫は犬に襲われても、ある程度の大きさなら走って逃げていけるものだ。私も小さいとき、ブロック塀を乗り越えて侵入してきた隣家の犬に子猫を噛まれて失ったことがある。あのいたいたしさは見るも無惨であった。

このように、昔も今も、猫と犬の事故はしばしばあったと思われる。

第六章　新訳『猫の草子』

慶長《けいちょう》七年八月中旬のことである。一条の辻に高札が立った。
一、洛中の猫の綱を解き、放ち飼いにすること。
一、同じく、猫の売り買いを禁止すること。
これに違反する場合には、必ず罪に処せられるべきである。よってくだんのごとし。

天下太平の世の中であった。人間は言うに及ばず、鳥や動物までもありがたいご禁制によって平穏に暮らしている、まことに中国の尭《ぎょう》や舜《しゅん》の御代よりもすぐれた御代だ。そのさなか、こんな高札が立ったのである。

このご禁制のあるうえはと、各々が大切に飼っていた猫に札をつけて放ってやると、猫ははなはだしく喜んで、あちこちに飛び回る。外へ出ると気晴らしにもなり、また、ねずみを捕まえる便宜もある。そのうち、ねずみはおびえて逃げ隠れるようになり、桁や梁を走ることもせず、歩くにしてもほんの小さい音も立てずしのび歩きのていとなった。ねずみどもがなりをひそめて、このような気分のよいことはない。できることならば、このご禁制がとどこおることのないようにとみなは願い、誰もこの通りにご禁制を守っていた。

ここに、上京《かみぎょう》のあたりの人で、世間に名高いご出家がいた。悪を離れて善に向かい、朝

『猫のさうし』「猫を放ち飼いにすること」という高札が立てられたところへ、早速、家を抜け出した虎毛の猫がやってきた場面。猫の足どりが軽く感じられるようである。

にはこの世が天地共に長く続くように、夕方には現世が安らかで、後世に極楽へ生まれることができ、すべての世界の生き物が差別なく利益をこうむるようにと願っていた。僧も俗人もこの出家のことをありがたく思って、感激感涙を催していた。まことに、この出家は大日如来のような人だといえよう。

このようなありがたい道理を、鳥や動物までも知っているのだろうか、ある夜、不思議な夢を見た。ねずみの和尚というものが、出家の前に進み出て言うことには、

「和尚さまへ直接言葉をおかけするのははばかり多いこととは存じますが、お教えはいつも縁の下で明け暮れ御談義をうかがっておりますのじゃ。その御談義に出てくる『悔い改めることにより罪を滅することができる』と仰せのことについてまかり出たのでございます。わたくしが心を悔い改めることをいたしましたならば、一言の道理もお授けくださいませ」

と申し上げるので、出家は答えて、

「お前達のようなねずみ風情が、このような神妙なことを申すものかな」

と感心をし、

「草木国土悉皆成仏《そうもくこくどしつかいじようぶつ》といって、草や木や、命のないものまで成仏するものである。いわんや、生あるものとして一度阿弥陀如来を念ずると、はかりしれない罪も消滅するものだ。浄土も阿弥陀も、ただ自分の心の中にあるのである。ここから遠いところにあるものでは

ないから、鳥や動物であっても、一度阿弥陀を念ずるという道理によって、成仏できないことはない」

とのたまった。

「では、懺悔の物語を申し上げましょう」

と、ねずみは泣きの涙を拭いつつ話し始めた。

「このたび、洛中の猫の綱を放されたので、わたくしたち一門はことごとく姿を隠し、あるいは逃げ、あるいは滅び、少し残っておりますものどもも、今日明日の命と思って、心細く礎の影や縁の下に潜んでおります。しかし、ちょっとの油断もならず、穴ぐらの暮しをしてみても、一日や二日のことではないので、中にばかりいるわけにもいきません。たまたま辛い世の中へ出ていこうとしても、猫めに捕り押さえられ、頭からがりがり噛み砕かれ、肉を引き裂かれます。このような辛いことにあいますとは、前世の因果も悲しうございますじゃ」

と申すと、出家が答えて言うことに、

「お前達が嘆き悲しんで言うことはかわいそうに思う。ことに、縁の下でも一句を授けたからには弟子と同じと思っている。だがまず、お前達が人から憎まれていることを語ってきかせよう。わしのような一人暮らしの法師が、たまたま唐傘を張って立てておけば、すぐに柄のもとを食い破る。また、檀家をもてなそうとして、煎り豆、座禅豆（黒豆）を用意しておくと、一夜のうちにみな食べてしまう。袈裟や衣だけでなく、扇、書物、はりつけ（ふすまなどに紙などを張り付けたもの）、屏風、かき餅、六条豆腐（干し豆腐）などをだめにしてしまう。このようなありさまでは、いかなる我慢強い阿闍梨であっても、お前達を始末したいと思うことはいうまでもない。いわんや、俗人の身であってはもっともであろう」

するると、ねずみはこう答えた。

「わたくしたちも、今おっしゃったようなことを感じまして、若いねずみに言い聞かせるのですが、『忠言耳に逆ひ、良薬口に苦し』というたとえのごとく、たやすく聞き入ることもせず、ますます悪いいたずらをしようとします。そのうちにでも、まず第一に人に憎まれるようなことなきよう申し聞かせます。東隣りさんや、北隣りさんの洗い帽子や卯月《うづき》帯《おび》、茶汲み女や下女の前垂れ、帷子《かたびら》、足袋、また、袴や肩衣のはしっこ、唐櫃のすみっこなどを齧ったり、包みものやつづらの中に入って巣を作ったり、食べ物でもなくうまくもないものを齧ったりするな、壺の端をまわるななど、あかはだかの赤子、付け紐の子どものころから言い聞かせております。が、ふざけたなりばかり好み、人の枕もと、こも、天井、古屋根などをすみかにして、悪いことばかりいたしますのはどうにもならないありさまで……」

と語り申しているうちに、夢が覚めるとすでにその夜は明けてしまっていた。

また次の夜にも、出家は夢を見たのである、今度は虎毛模様の猫がやってきてもっともらしく語り始めた。

「和尚さまがご立派であらせられるので、ねずみ根性といって人の憎む奴ではございますが、こういうやつらが参っていろいろのことを申し上げている、とすぐにわたくしに知らせてくれた者がおります。そもそもかのねずみというやつは、外道の最上のものでしょう。和尚さまがお慈悲をお垂れになっても、すぐに物を引いて盗んでいくに決まっています。さて、ではここでわたくしたちの系図をざっとお話しいたしましょう。お聞きくださいませ。こんなことをすれば、ねずみとどんぐりのせいくらべをするようではありますが、ちゃんといわれをお話ししておかなければ、卑しめられるでしょうから」

と、猫は猫背になってうずくまり、大きな目をぐりぐりさせながらこう話し始めた。

「わたくしたち猫は、天竺唐土に恐れをなす虎の子孫なのです。日本は小さい国ですから、その規模に比して虎より小さいわたくしたちが渡ってきたのです。そういうことなので、日本にはもともと虎はいないのです。延喜の帝の御代から、わたくしたちの仲間は寵愛され、『源氏物語』では柏木様のもと、下簾の内に置かれました。また、後白河法皇のときも綱をつけて、ご自身のおそばに置かれました。しかし、綱がついているので、ちょっと先をねずみがうろうろしているのを見ても、『捕りたい』と思うだけで取りつくこと

『猫のさうし』　ねずみに代わって、僧の夢に出てきて、猫族の苦境を僧に説く猫。首輪をつけているので、飼い猫であろう。虎の子孫というだけあって、見事な虎毛である。

はできず、湯水が飲みたいときも、喉を鳴らして声を出して『飲みたい』といっても頭を叩かれ、痛めつけられるのでどうしようもありません。言葉を通じさせようにも、わたくしたちは天竺から来たのですから梵語《ぼんご》しかしゃべれませんので、大和《やまと》の人は聞きわけることができないのです。たいがいは繫ぎ殺されてしまいます。入覚《にゅうがく》のご慈悲は広大で、賤しく貧しい家に月が宿るように、猫のごときものにまでお心遣いくださり、綱を解き、苦を許されることはまことにありがたいことです。この君の御代、五百八十年の御寿命を保ってくださいませと、朝日に向かって余念なく喉をごろごろ鳴らして拝んでおるのです」

出家は答えて言った。

「猫の言うことは、たいそう殊勝である。禅宗の南泉が猫をお斬りになった故事を思うと、斬られても志を変えなかったのはいかにも神妙だ。しかし、ここに困ったことがある。出家の身としてこのようなことを見た上には放置しておかないのが理である。ねずみと猫の仲裁に入りたいのはやまやまだが、殺生ばかりするものは、因果が車輪のごとくめぐって、死んでは生まれ、生まれては死に、流転に身を沈めてはその因果を逃れることができないのだ。すべては空《くう》であることを知って、生死さまざまの悪を離れ、三界や六道をめぐることもなくなって、ようやく解脱を得ると思われる。猫よ、殺生を止めなされよ。お前達の食べ物を、ごはんに鰹《かつお》をまぜたものや、また折々には田作りやにしん、乾鮭などを朝夕の食事にしてはいかがか」

と出家が問うと、

「お言葉の通りとは思いますが、まずまずお考えになってみてくださいませ。人間は米によってこそ五臓六腑を整え、足や手が達者になり、気の利いたことも言えるのです。山海の珍味はご飯を進めるためだとうかがっておりますが、わたくしたちもそのように、天から食物としてねずみを与えられております。ねずみを食べておればこそ、病なくして飛び歩くこともでき、鳥にも劣らないのです。また、ゆっくりと昼寝をいたしますのも、ねずみを食べるためでございます。それなのに、今からそれを我慢するなどということに同意はできません。お察しください」

さすがに慈悲の心ある出家なので、猫の話を聞いて感激の涙を流し心を砕くばかりであった。

夢が覚めて、また暁方にまどろんでいると、例のねずみが再びやってきた。

「とにかく、このような様子だと京の中で我慢しているわけにはいきません」

と言う。

上京、下京のねずみどもが寄り合って、おふれをまわし、西陣組は船岡山の裾、小川組は御霊神社の藪、立売組は相国寺の藪、聚楽組は北野天満宮の森、下京組は六角堂の内へ寄り合い寄り合いして、相談した。その中に、物事のわかったような顔のねずみが進み出て言うには、

「所詮このようなさまだと、命と引き替えにするしかなかろう。どのようにしたら、この度は生き延びられるだろうか」

といろいろ話し合った。

「もう都のおふれが出てから五十日になるが、魚の骨一つ口にせず、油揚げ、焼き鳥の匂いさえかがないままで、猫殿に出会わないようにしても、おのずから飢え死にしてしまうだろう。それで、ちょっと思いついたのだが、近江の国は土地の検査があったので、租税の割合を決めるために百姓が稲を刈っていないというのだ。まず、とりあえず冬の間はそこへ行き、稲の下に妻子を隠し、年を越して、暖かになってから、北の郡木の本の地蔵を頼み、左右の山々、いかが山、おくだに山、恐ろしいが伊吹山に関ヶ原、醒が井、摺針、佐和山、たかの畑、ところの山、はくさんじ山、かみかまうのこなりの畑、ふせ山、布引山、観音寺、八幡山、鏡山、朝日山、こうの郡の鷲の尾の山、村々里々、三上山、信楽山、石山、粟津、松本、打出の浜、長等山、園城寺、延暦寺、坂本、堅田、比良、小松、白髭明神近辺、打下、今津、海津、塩津、志賀の浦、便船があれば竹生島、長命寺、沖の島などへも押し渡り、山の芋や蕨なども掘り食い、いったん命を繋ごうと思う。何よりも心が残るのは、もうすぐ正月になり、鏡餅、はなびら餅、煎餅、あられ、かき餅、おこしなど、春雨の中、手持ちぶさたを慰めるために齧り食って、にぎやかに遊ぼうと思っていたのに、大敵の猫殿に押っ立てられ、京を退くことこそ無念である。しかしながら、猫殿も犬という強敵にあちらこちらと追い回され、辻や川端に倒れ臥し、雨土にまみれているのを見れば、報いはあるのだ」
と、みなは勇み立って、方々へ逃れていった。
その中に、公家門跡などに長い間住んでいたねずみは、三首の下手くそな和歌を詠んだ。

ねずみとる猫の後ろに犬のゐて狙ふものこそ狙はれにけり
(ねずみを捕ろうとする猫の後ろに犬がいて、狙うものこそ狙われているのだ)
あらざらんこの世の中の思ひ出に今ひとたびは猫なくもがな
(私は死んでこの世からいなくなるだろうが、あの世への思い出に、もう一度だけ猫がいなくなってほしいものだ)
じじといへば聞き耳たつる猫殿の眼の内の光恐ろし
(「じじ」と鳴くと、聞き耳を立てている猫殿の目の中の光が恐ろしい)

出家が心に思うことには、こんな出来事を人に語ったならば気が触れたと噂されるだろう。だから、胸に深く秘めておこうと思うが、この世にも珍しい夢の戯れを、ふと親友に語って聞かせた。「お笑い草だな」と人は言うが、たしかに最近ねずみの姿を見るのがまれになり、物を引くこともなく、枕もとをも歩かないようになった。このようなご禁制は、昔から今に至るまで、たいそうありがたいことである。大君も豊かに民栄え、ひさしくめでたいことばかりで、世は平穏で心がのびのびすることである。

『猫のさうし』は、江戸初期に成立した渋川版お伽草子といわれるものの一つである。最初に出てくる高札は、実際に存在している。御伽草子の中に歴史を読む試みを早くから行っている黒田日出男氏は、『時慶卿記《ときよしきようき》』慶長七年十月四日の条に、

一、猫を繋がぬようにという法令が三ヵ月前から出されているが、そのため、行方不明になった猫や犬にかまれて死んだ猫が多いということだ。

とある記事を示し、『猫のさうし』に描かれた内容が実際の出来事を背景にしていることを述べている（『歴史としての御伽草子』ぺりかん社、一九九六年）。また、年代は少しずれるが、慶長十三年（一六〇八）五月十三日に次のようなおふれが出ている。

他人の猫はなれたるをつなぎ候儀、一切停止之事。（毛利家文書　百四十七）

これは、今まで見てきたように、猫がそれまで繋がれて生活することが多かったことを示しているといえよう。だが、黒田氏はこのようなおふれが出された理由を、ねずみ対策であると断じている。

本文では、猫は「綱から放たれてとても自由」という意味のことを言っているが、現代の獣医さんによれば、猫は家の中だけで飼う方が数倍長生きするそうである。野良猫の寿命はせいぜい二、三年だそうで、大切な猫は室内で飼い、家で充分運動させてやればよいとのことだった。

なお、猫が「梵語しかしゃべれない」というくだりは傑作である。インドに起源を持つということを強調したかったのであろう。しかし、本文ではちゃんと和語で話しているので、この頃には「学習」したのかもしれない。それは、インド、中国を経て日本に渡来した猫が、すでに「和猫」として生活にとけこんでいることを意味していよう。

このお伽草子は短い内容にやたらと地名や物の名が列挙されていて、そこが少々まだるっこしく思えるが、お伽草子には年少者の学習用という目的もあり、物語の中で仏教の教えが出てきたり、地名や物名が長々とあげられるのはそのせいだと考えられている。ここでも、ねずみたちが「移民」しようとしている近江の国の地名があげられるが、これは和歌や物語で知られた地名がほとんどを占め、しかも街道ぞいの宿の順番がおおむね守られているから、子どもにも必修のものだったのだろう。ねずみが詠む和歌が、小倉百人一首の歌のパロディになっているのも、そのためである。

そういったことを知って読めば、猫とねずみの楽しい（？）お話である。この中で、ねずみが「じじ」と鳴く、というくだりがあるが、これは室町から戦国時代の人々がねずみの鳴き声をそう聞いて表記したもので、山口仲美氏によれば、もっと古くは「しうしう」と鳴く、とされていたという（『犬は「びよ」と鳴いていた』光文社新書、二〇〇二年）。

この物語には、猫は殺生するので往生できない、という大きな問題が横たわっていることに注意したい。その代わりだからといって、出家が「ごはんに鰹」を勧めるのは笑わせる。猫はねずみを捕るという、人間からすれば便利な存在であるのに、それが理由で成仏できないというのは矛盾しているが、仏教が殺生と成仏の問題をどのように考えているのかがうかがえておもしろい。鰹とかにしんはいいと言っているのは、加工品として流通しているからだろうか。

最後に、新訳に当たっては、なるべく原文の雰囲気を壊さないよう留意し、極端な意訳はしていない。そのため、いささかくどくてわかりにくい文体になったかもしれないことをお断りしておく。なお、原文は桑原博史全訳注『おとぎ草子』（講談社学術文庫、一九八二年）、ならびに三弥井書店刊の影印版『猫のさうし』（一九七一年）によった。

第七章　猫神由来

島津家の猫

私が高校を卒業した春、家族旅行で鹿児島へ行ったことがある。ありきたりの観光地をめぐったのだが、最終日に磯庭園《いそていえん》（仙巌園《せんがんえん》）へ向かった。ここは薩摩藩の島津家の別邸であり、今は庭園として開放されている。尚古集成館《しょうこしゅうせいかん》という博物館も付随しており、薩摩切り子などのいろいろな文物を見ることができるのである。

タクシーの運転手さんに案内されて見た庭園はほとんど頭に残ってはいないが、私がもっとも興味を抱いたのは「猫神」と呼ばれる場所だった。それは園のはしっこにあり、塚のようになった上に石が置いてあったと記憶している。立てられた案内板によると、ここには秀吉の朝鮮出兵についていった猫が埋められているというのである。

猫が戦争に従軍した理由というと、当時は時間をはかる正確な器械がなかったため、猫の目で時間をはかるというものだ。信じられないことだが、たしかに「猫の目が変わるように」などといわれるように、猫の目は一日の光の動きをとらえて変化する。

そのときはあまりにも荒唐無稽《こうとうむけい》な話だったのでそれ以上は追求せず、猫好きの私は戦死した猫にささやかな追悼の意を表しただけであった。しかし、猫の本を書くに当たり、がぜんそのときの光景が蘇ってきたのである。

この話は、猫の研究書にはほとんどといってよいほど取り上げられていない。書名は忘れてしまったのだが、昔読んだ實吉達郎氏の猫に関する本で、「島津家ではお時計衆にかごを背負わせて猫を運ばせた」というような記述を見つけただけである。しかし、「お時計衆云々」を實吉氏が何によって記したのか、というニュースソースは示されていなかったので、私の疑問は深まるばかりだった。（その後、田中祥太郎氏が『時計のかわりになった猫』（廣済堂出版、一九八七年）という本で紹介していることを知った。）

そこで、本書の執筆を機に、実に二十数年ぶりに鹿児島をたずねることにしたのである。ところが、磯庭園へ向かった私は、その印象が昔とあまりに変わっているのに驚いた。猫神は以前のような塚ではなく、立派な「猫神神社」になっていたのである。鳥居の向こうに、小さな石碑が見えている。白と黄色の猫が向かい合った絵馬も作られ、所定の場所にあふれんばかりにかけられている。見れば、「うちのミキちゃんが長生きしますように」などと、猫の長寿祈願、健康祈願がびっしりと書かれていた。この賑やかさは、私をただ驚かせた。

その神社の案内板には次のようにあった。

文禄慶長の役に活躍した島津家十七代義弘《よしひろ》は七匹の猫を朝鮮半島まで連れていき猫の目の瞳孔の開き具合によって時刻を推測したといわれています。この神社には生還した二匹の猫の霊が祀られており、六月十日の時の記念日には鹿児島市の時計業者の人々のお祭りが行われています。

猫神神社　上は猫神神社の全景。小さな石碑が本殿の代わりである。下は、猫の健康や病気平癒を祈願したたくさんの奉納絵馬。もちろん、私も一枚奉納した。（著者撮影）

七匹行って二匹生還した、などというところが妙にリアルである。この話、いったい本当なのだろうか。あの勝手きままな猫が戦場でじっとしているはずはないし、猫の目だって曇りの日と晴れの日ではまったく瞳孔の開き方が違うではないか。しかし、本当であってもそうでなくても、主君につかえて遠い朝鮮半島まで行った猫の話は魅力的である。けなげでもある。

そこで、本書のテーマとはやや離れるが、私はこれについて少し調べてみることにしたのだった。

猫と時計

まず問題になるのは、猫の目で時間をはかる習慣があったかどうかである。これは中国から伝わった古法で、立派に「時計」の代わりとなったらしい。九世紀の『酉陽雑俎《ゆうようざっそ》』には、

旦《あさ》と暮は円く、午に及べば竪に引き締め線の如し。

と、すでに猫の目の変化の記述が見えているのである。朝と夕方は丸く、お昼には引き締まって線のようになる。たしかに通常の天候だと、猫の目はだいたいこうなるものだ。平岩米

吉氏は『猫の歴史と奇話』（築地書館、一九九二年）で十一世紀の詩人、蘇東坡《そとうば》の『物類相感志』にも記述があると述べている。

私がこの「猫神」についてある新聞にエッセイを書いたところ、中国文学の大家である三浦國雄氏からお手紙をいただいた。中国近世において民間で広く利用された日用便利事典である『玉匣記《ぎょくこうき》』に猫の目で時刻を知る方法が詳しく載っているとのことで、氏は『玉匣記』の本文コピーを同封してくださっていた。それによると、猫の目はもっと詳しく分類されていたのである。

猫眼定時辰歌訣　子午卯酉一條線　寅申巳亥円如鏡　辰戌丑未棗核形　十二時辰如缺定

これは猫の瞳孔の大きさと時刻の関係を覚える詩になっている。子、午、卯、酉の刻は一条の線のように、寅、申、巳、亥の刻は丸い円のように、辰、戌、丑、未はなつめの種のようになる、ということである。

しかしこれは、実情と矛盾している。子の刻、つまり午前零時は真っ暗闇で、猫の瞳が「一条の線」のように細くなるはずがない。実は、中国では猫の瞳が物理的な明るさではなく時刻によって変化すると考えられていたらしいのだ。それが日本で誤解を生んだのである。

日本にこの方法が渡っていたのは明らかだ。中世後期の百科辞書である『塵添壒嚢鈔《じんてんあいのうしょう》』に

は、

旦と暮《ゆう》べと目睛《もくせい》円し、午の時は細くして線の如し、と云へり

とあるからである。したがって、中世には確実に中国から伝来していたことがわかる。江戸時代には更に詳しく、

六つ丸く、四八瓜ざね、五と七と玉子なりて、九つは針

猫の目の図　時刻の移り変わりによって猫の瞳孔が変化する様子を描いた江戸時代の絵。まん丸から針のようになるまでの変化が示されている。

という数え歌ふうのものが『和訓栞《わくんのしおり》』に載っている。ほかにも、

六つ丸く、五七卯に四つ八つは柿の種なり九つは針

という別伝もある。先に掲げた江戸時代の「猫の目の図」を見るとわかるように、必ずしも明るさに応じた自然な変化を表してはいないことに注意したい。対応すると考えられているのは、あくまでも時刻なのだ。実際の瞳の変化と一致するところもあるため、このような誤解も含んだまま伝播したのだと思われる。

猫の目がある程度時計の代わりをしていたらしいことは、これらの資料でうかがえる。中国の故事を集めた日本の『分類故事要語《ぶんるいこじようご》』には、猫の瞳孔にかかわる興味深いエピソードが載せられている。少し長いが、紹介しておこう。

鷗陽公《おうようこう》がかつて一つの古い絵を得た。牡丹の群の下に一匹の猫がいるという構図である。しかし、未だこれがいつの頃の風景であるか知らなかった。そこで、呉正粛《ごせいしゅく》に示すと、粛は見るや否やこう言った。「これは正午の牡丹です。花が開ききって乾燥しているでしょう、日中の時の花だからです。そして猫の瞳孔は黒い線のようです。これは正午の猫の目

です。おおよそ、朝方の露を帯びた花はもっと花がすぼまって色が潤っています。猫の目は、朝と暮れは丸く、正午になると一本の線のようになるのです」

猫に牡丹の取り合わせは第五章で述べたが、ここではその絵が描かれた時刻までも知る方法が示されている。たしかに、あんなに丸かった瞳孔がきーんと鉄線を張ったように変わる猫の目は時刻の目安にはなろう。『分類故事要語』の続きには、粛が「猫の目で時刻を知る方法」をある人から授かったという一文が続く。それは「千金にも不易の法」で、とても難しいものだ、ということである。

日本では、この猫の瞳孔の収縮だけで一書を草してしまった人がいる。江戸時代の梅川《うめがわ》夏北《ほく》だ。猫の瞳についての諸家の説を引用し、それに考察を加えた『猫瞳寛窄弁《びょうどうかんさくべん》』がそれであり、文化十三年（一八一六）に刊行された。ここにはありとあらゆる説が引かれ、夏北の几帳面な考証が施されている。それはかなりの精密さにわたり、すべてを紹介することができないのが残念である。

なお、二〇一四年に催された渋谷区立松濤《しょうとう》美術館の「ねこ・猫・ネコ」展図録所収の「猫の話あれこれ」で、学芸員の味岡義人氏は、さいとう・たかをの『ゴルゴ13』第四十一巻に、猫の目で時を知ったゴルゴ13が暗殺に成功する話があることを紹介している。ニヒルなゴルゴ13と猫の取り合わせがなかなかしゃれている（しかし、味岡氏は、実は猫が苦手だぞうだ）。

ともあれ、このように、いちおうは猫の目で時刻をはかることは不可能ではないことがわかった。しかし、日常の生活において「タマや、ちょっとこっち向いて……ああ、もう昼だね」などという光景は見られたかもしれないが、果たして、時刻をはかるためだけに猫を戦地へ連れていくようなことがあったのだろうか。これから、その謎に分け入っていきたい。

猫神の由来

私がまず調査を開始したのは、鹿児島市の教育委員会からである。しかし、そこにはほとんど資料が残っておらず、結局、磯庭園に併設されている尚古集成館の学芸員さんにお話を聞くことになった。そのお話から、この猫神についてのもっとも古い資料は昭和六年発行の『磯乃名所旧蹟《いそのめいしょきゅうせき》』（鹿児島新聞）であることがわかった。これは磯庭園の名所を解説した本で、猫神も一項を立てられていたのだ。入手しにくい本なので、引用しておこう。

猫神　磯邸通用門より西北約三十間許高台の地に鎮座せり。元は城北護摩所にありしを、廃藩当時此地に遷座せり。天明六年十二月吉日、島津筑後の寄進に係る手水鉢も同時に移転したるものなりと云ふ。当猫神は、文禄の役、島津家十七代義弘公朝鮮御渡海より御帰朝迄引続き御供せし猫を崇祀せられしものにして、護摩所の猫神と称し有名のものなりしと云ふ。百日咳を病めるものの平癒を祈れば霊験あり。

猫神はもとから磯庭園にあったわけではなかった。城の北にある護摩所に祀られていたのを移転したのである。ここからわかるのは、そのほかに、猫が文禄の役に島津家第十七代の義弘公について渡海したことだ。百日咳云々は後の言い伝えであろう。この時点では、何のために猫を連れていったかということはまったく記されていない。まさか愛玩用ではあるまいし、どうして時刻をはかるという役目がこぼれ落ちてしまったのだろうか。

次の資料は『薩藩旧伝集《さつぱんきゆうでんしゆう》』(薩藩叢書刊行会、一九〇八年)である。ここにはほんの一行ほどの記述しかないが、磯庭園に移転する前の護摩所の猫神について書かれていることが有益であろうか。これも引用してみよう。

一、護摩所猫神は、惟新公朝鮮御渡海に御供して御帰朝の時迄御供しけり。是を崇て猫神と云ふ。

果たして、ここにも時計の代わりになったという猫の役割は出てこない。いったい、島津義弘は何のために猫を連れていったのだろうか。また、時計代わりという役目が資料に出てくるのはいつなのだろうか。それはずっと後なのである。昭和になってから、島津忠重《ただしげ》氏が『炉辺南国記《ろへんなんごくき》』（鹿児島史談会、一九五七年）という思い出話を書いているが、ここに至ってやっと猫のことがはっきり記されるのである。少し長いが、これまでの資料に出てこなかった話もあるので、猫の項を全文引用しよう。

磯邸境内西寄りの丘上に、猫神さまというのがある。石造の小祠であるが、その来歴は朝鮮役に眼の瞳の大きさで時を告げるために伴われた猫を、のちに祀ったもので、今でも何かご利益があるというので外来の参詣者も多いという。昭和二十四年六月の「時の記念日」の南日本新聞の記事を見ると、「朝鮮の役に島津義弘が猫七匹を携行して、これを各部隊に配属させた。時刻を知るには猫の眼の動きで知るのであった」とある。原始的な方法ではあったが、時計の普及しない時代のことであるので、うなずける話である。そして七匹のうち五匹までは戦地で死んだが、二匹だけは帰った。この猫は黄白二色の波紋で、義弘の次子久保《ひさやす》に愛せられ、この猫をヤスと命名していた。久保は出征中二十一歳の若さで病死したが、その後もこの種の毛並の猫を郷土ではヤスと呼ぶようになったという。そして例年六月十日の時の記念日には、時計業者などが猫神さまに参詣するようになったとのことである。

氏が何によってこれを書いたのかがわかればよいのだが、未詳である。もしかしたら、島津家に代々伝わっていた昔話の類なのかもしれない。だが、義弘、久保という二人の具体的人名が出てきているのは見逃せない。

学芸員の方にうかがうと、今でも黄色と白（茶虎模様であろう）の猫を「ヤス」と呼ぶことがあるという。おそらく、「ヤス」には帰還した猫の血をひくといった由緒があるのだろう。とすれば、何らかの根拠があるのではなかろうか。金沢文庫の猫が中国から来たように、日本の猫が朝鮮半島へ行けないはずはない。

ただ、問題はそれが戦地であったということだ。文禄《ぶんろく》の役の頃となると、すでに飛び道具も使われているぶっそうな場であろう。そんなところで、猫の食事やトイレなどいろいろな世話ができるのだろうか。謎は深まるばかりだった。

そこで、しばらく猫の話題を離れて、この島津義弘が戦ったという文禄・慶長の役について歴史書を参考に見ていくことにしたい。

文禄・慶長の役

まず主人公の島津義弘であるが、彼は天文四年（一五三五）に生まれ、出兵後は無事凱旋《がいせん》をとげ、元和《げんな》五年（一六一九）に日本で亡くなっている。戦国期から江戸前期にかけての武将で、薩摩藩主である。彼は日向《ひゅうが》、肥後《ひご》、筑後《ちくご》、肥前《びぜん》を手中に収め、守護代となっていたが、秀吉のもとに下ったのは天正十五年（一五八七）のことであった。したがって、秀吉に従って朝鮮出兵に出征するのは当然なのである。

さきほどの資料では、猫は文禄の役（一五九二）に従軍したように書いてあったが、実際義弘が主に従軍したのは第二次出兵、慶長の役（一五九七〜九八）の方である。島津家からは義弘軍と忠恒軍が参加していた。この朝鮮出兵では、中国が朝鮮側と手を組み、日本を阻《はば》んだ。そのため戦局は複雑化し、戦争は長期化もしたのである。

慶長の役では、秀吉は再び十四万の兵を朝鮮へ派遣した。そして、朝鮮南四道を奪うことを目的に、各地に城郭を作らせそれを日本軍の拠点としたのである。ここでは慶長の役のことを詳述するのが目的ではないので大略は省略することにするが、慶長の役では大きく分けて七つの戦闘が行われた。義弘がとくに深く関与したのは「泗川《しせん》の戦い」である。

慶長三年（一五九八）十月、慶尚道《けいしょうどう》泗川で戦闘が行われた。前年十月、義弘は泗川に新たな城を築城したが、ここに中国・明《みん》の提督が率いる明・朝鮮軍が攻撃をしかけてきた。ところが、ほかの戦いと違って、ここは城の普請が終わっていたため、島津軍の鉄砲隊は明・朝鮮軍を撃破し得たのである。これはいちおう、日本側の勝利に終わった。

しかし、慶長三年八月、秀吉の死によって家老らは朝鮮からの撤退を指示した。ところが、撤退が始まったとき、明・朝鮮軍は順天《じゅんてん》にいた小西行長の退路を断ち、それを救うため島津軍は露梁津《ろりょうしん》に明・朝鮮軍の水軍を引き出して戦った。その間に小西行長は順天を逃れたが、これで島津軍は大きな痛手を蒙ったのである。

さて、もし猫が従軍していたとしたら、この泗川の戦いか露梁津の海戦に同行していた可能性がある。しかし、秀吉死後のこの戦いは司令官を失ったも同然であり、勝利を収めてもむなしいものだったに違いない。義弘の次子、久保も死んでしまっている。義弘はみずからの部隊が無事帰国できることだけしか考えなかったのではなかろうか。

いくら最前線には連れていかないとはいえ、矢や砲弾が雨あられと降る戦場に猫はおびえ、逃げまどったことだろう。猫はかごにでも入れられて移動したのか。脱走した猫もいただろう。しかし、七匹行って二匹帰還した、などという具体的な数字が現れると、もしかすれば本当かもしれない、とも思う。だとすれば、世界でも珍しい猫の従軍記だ。おやかたさまのために必死で戦ったヤスたちの霊が、この神社に祀られているといわれれば、信じたい気がするのである。

今でもこの神社では時計業者によってお祭りがなされている。残念ながらこの取材はできなかったが、土地の人が過去の猫の死を「犬死に」にせず、大切に扱っているのを見ると、長い長い伝統というものをそこに感じるのである。大きな歴史の流れの中で、小さな猫たちが翻弄《ほんろう》された。しかし、彼らの存在は今に伝えられているのだ。歴史の中で失われた小さな命たちの霊が安かれ、と祈ってこの章を閉じたい。

〈付記〉

単行本刊行の後、鶴ヶ谷真一氏から『猫の目に時間を読む』（白水社、二〇〇一年）という本をお送り頂いた。タイトル通り、猫の瞳孔のかたちによって時間をはかる話についてのエッセイが収められているが、鶴ヶ谷氏がボードレールや中国の話を書き終えた直後、私の本を手にしてくださったことが書かれていた。まったくの偶然の一致である。氏の著書と本書を読み合わせて頂くのも一興と思い、第七章はほとんどそのままにして、その経緯をここに付記することにした。ぜひ、お手にとられたい。

ね・こらむ③——猫の島

『枕草子』の翁丸が流された「犬島」というのはいまだに謎が多い島だが、古典文学には猫の島というのも登場する。『今昔物語集』巻二十六—九に、漂着して大蛇に助けられた漁師七人がその島に定住するという話があるが、この島の名が「猫の嶋」というのだ。島の住人は、年に一度加賀の国の熊田の宮へ渡って神事をする習慣があるという。

　日本古典大系本や新日本古典大系本では、この島が能登半島の先にある舳倉島《へくらじま》に当たるとしている。しかし、舳倉島の昔話や伝承を繙《ひもと》いてみても、ここが「猫の嶋」と呼ばれた形跡は見当たらない。

『今昔物語集』には、不思議なことにもう一つ「猫の嶋」という名が出てくる。巻三十一—二十一である。これも能登の国の話で、能登の国の息の寝屋という島の彼方に「猫の嶋」があるという。息の寝屋島からは追い風に吹かれて一昼夜かかるとされている。これも新大系本の注では舳倉島としている。息の寝屋島がどこにあるかにもよるが、舳倉島は能登半島から割合近く、一昼夜も船を走らさなくてはならないということはないはずだ。

　猫の島は、実はまだある。常陸国《ひたちのくに》、筑波根の麓にある島ではない平地をいう。安倍《あべの》晴明《せいめい》の数奇な誕生秘話を描いた『簠簋抄《ほきしよう》』には、晴明は猫島の生まれの人であると記されている。晴明の母は「化来の人」、つまり人間ではない者であったが、遊女になってあちこちを旅して生活しているうち、猫島である男にとどめられ、三年そこに滞在したというのだ。つまり、実質的には結婚生活を営んだのである。その間に晴明が生まれたという。

『簠簋抄』では、晴明と猫島の関係をまったく語っていない。猫島、というのも、単なる固有名詞で猫とは無関係のようだ。猫好きが思い描くような、猫がうじゃうじゃいる場所とか、エーゲ海のサントリーニ島のようなものではないらしい。

しかし、犬島が何か特殊な犬の流刑地のような場所であるのと同様、猫島もそのような推測をせずにはいられない。漂流の後に上陸してみたら、猫がにゃあにゃあ寄ってくる島、なんて、猫好きにはたまらないけれど、そうでない人にとってみれば猫が妖怪のようにも見えるかもしれない。

ところで、あの柳田国男が「猫の島」という小文をものしているのはご存知だろうか（『定本柳田国男全集第二十二巻』）。柳田は、「陸前田代」が「猫の島」であるということを書き記している。そして、ここは猫の島だから犬は入れないともいう。昔葬送の地であったから死体を食う犬は入れなかったのではないか、と述べている。これが、近年猫の住む島として有名になった田代島のことかもしれない。

柳田は『今昔物語集』の猫の島についても言及しており、島の名の起こりはまったく説明されていないとしながら、「或はずつと以前に猫だけが集まつて住む島が有るやうに、想像して居た名残ではないかと思つて居る」と述べている。柳田の口調からすると、彼は必ずしも猫好きではなさそうだが、猫だらけの島というのはファンタジックな空想である。

博学の柳田はもちろん『簠簋抄』にも触れていて、ここは狐女房の話に付随して猫の不思議を説く者がいたのではないかと論じている。『簠簋抄』は狐女房譚の嚆矢であるが、猫と晴明の関係は杳《よう》として知れない（晴明が猫好きだった、というのも聞かない）。

私は、猫の島は、いわゆる猫の「猫（根子）岳参り」に似た伝承と関わるのではないかと思っている。「猫（根子）岳参り」とは、民俗学ですでに指摘されているように、猫がいなくなったら、それはもっと力を増すために阿蘇の「猫（根子）岳」（阿蘇以外にも各地にあるようである）に参りに行ったのだ、と見なすものだ。現実には、こっそり死にに行った猫をそう言ったのだろう。「猫（根子）岳参り」から帰った猫は、姿形が変わってしまっているので、元の飼い主にはわからないそうである。それは猫の再生の儀式だったのだ。猫の島も、そうした猫の修行の場であったのではないか、と夢想するのだが……。

第八章　江戸お猫さまの生活

猫の句いろいろ

うらやまし思ひきるとき猫の恋　　　　越人　（『猿蓑』）

これは『去来抄《きょらいしょう》』に引かれた有名な句である。たいがいの猫の本には載っているはずだ。江戸時代に親しまれた文芸といえばまず俳諧、芝居、草双紙であるが、この中に猫はうじゃうじゃというくらい登場している。芭蕉も蕪村も猫の句を詠んでいるし、芝居ならばすぐに化け猫が思い出される。草双紙にも『朧月《おぼろづき》猫のさうし』という、猫好きで知られる歌川国芳が絵をつけたものがあって、もう猫のオンパレードといってよい。その中から、この章では江戸時代の猫の生活を文献にもとづき、たどっていくことにしたい。

で、冒頭の句に戻ろう。これは、猫が発情期を終えた瞬間からもう「恋」には見向きもしなくなる意を詠んだものだ。猫のさかりのすさまじさは古来名高く、雌《めす》を挾んだ雄《おす》どうしの戦い、連日繰り返される大音声、と、人間にすこぶる顰蹙《ひんしゅく》をかってきた。その騒動が一件落着したあかつきに、「猫はいいなあ。さかりがすぎればこんな辛い恋なんか忘れてしまえるもんな」としみじみ感慨にふける男の句なのである。

松尾芭蕉もよく似た句を詠んでいる。

『朧月猫のさうし』（『朧月猫の草紙』河出書房新社より）　猫を描かせたら当代一流の絵師・歌川国芳が、山東京伝の弟である京山の文につけた初編・下巻の表紙見返しの絵。猫と蝶の組み合わせは、中国の絵画が手本となっている。

猫の恋やむとき閨《ねや》の朧月　（『己が光』）

あのそうぞうしかった猫のさかりがすぎて、ふと寝室から外をのぞくと朧月がかかってい る。少し自分も人恋しい気持ちになった……。そんな句だ。「猫の恋」は早春の季語である。朧月のぼんやりした感じが幻想的で、越人の句よりもやわらかな味わいになっている。しかし、芭蕉の句も、恋は思い切られぬもの、叶わぬものという人間の宿命を猫に託していることは間違いない。

俳諧の中の猫について詳しく論じた中村真理氏によると、猫の恋はほとんどが片恋で終わり成就しないものとして詠まれているという（「俳諧の猫―「本意」と「季語」の視点から―」『連歌俳諧研究』１２５号、二〇一三年九月）。中村氏はさきほどの越人の句を、「猫の恋」を「人の恋」に見立てるのではなく、猫の恋は「猫の恋」のまま人の心に訴えかけるという新機軸を見出したからこそ、越人の句は芭蕉の賞賛を得たのだろう。と評している。禅語からの影響を受けて「猫と蝶」や「猫と牡丹」といった組み合わせが連歌俳諧の付合語となったが、その後、俳諧師たちは禅語から離れて独自の猫の句を作るようになった、という中村氏の指摘は非常に興味深い。猫の恋という俳諧のテーマが、新たな「伝統」として自立していく過程がよくうかがえる。

芭蕉には、こんな句もある。

猫のつまへつゐの崩れより通ひけり　（『六百番俳諧発句合』）

「つま」といっても現代の「妻」のことではない。古語では夫も「つま」というのである。「へつゐ」とはかまどのこと。台所の崩れたかまどの穴から猫が目当ての相手のいる家へ通ってくるさまを詠んだものである。『伊勢物語』第五段の「むかし男」が、築地の崩れから女のもとを訪れた話を意識したもので、この句、家つき娘に野郎が通ってくるのならあんまりおもしろくないが、小柄な雌猫がいとしい男のもとへ通うというのなら何だか可愛らしい気がする。句はどのように味わってもよいのだから、私は、愛する人のために江戸を焼いた八百屋お七のように、夜こっそりと雄猫のところへ通う娘猫と考えてみたい。

俳諧師の中では、宝井其角のように実生活でも猫好きで知られた人がいた。其角は『焦尾《しょうび》琴《きん》』を編んでおり、そこには「古麻恋句合《こまこいのくあわせ》」という猫の恋を詠んだ句ばかりを集めたものが収録されている。「古麻」とは猫の別名である。和歌的な恋の題を猫で詠むという趣向だが、禅語から離れた句も多い。このような句合が生まれたのは其角の猫好きによるところが大きいのかもしれないが、言い換えれば当時猫の句が豊かなヴァリエーションを展開できたということになるだろう。つまり、猫が句の題として一般化したことを示している。
こんなふうに猫の句をあげていったらきりがないのだが、ちょっとおもしろい芭蕉の資料を紹介しておこう。『貝おほひ』は句を歌合のように番《つがい》にして合わせたものに芭蕉が批評文を付け加えている作品だ。この中に、芭蕉のちゃめっけがうかがえる一文がある。番にされた句は次のようなものだった。

四番
　左
さかる猫は気の毒たんとまたたびや
　右
妻恋のおもひや猫のらうさいけ

左方の句に説明はいらないだろう。発情期に苦しむ猫は気の毒だから、猫の薬とされていたまたたびをたくさんやりたいものだ、という意味である。右方の句の「らうさい」には注釈が必要である。これは三味線の伴奏が付く「弄斎《ろうさい》」という近世初期に流行した小唄をいう。あまり歌詞がのこっていないため、貴重なものだという。「弄斎」という名前の意味は、「気やみ（癆瘵《ろうさい》）」をわずらっている病人を思わせる陰気な曲であったため、とか、籠済《ろうさい》という坊主が始めたからとか、いろいろな説があって決めがたい。ともあれ、元禄期にはすでに廃れていた。

この句合の批評を芭蕉が記しているのだが、現代語訳すると意味がわからなくなるので、あえて原文で引いてみる。

猫にまたたび取りつけられたる。左の句珍しき。ふしを。いで出でられたるは言葉の花がつをともいふべけれ共。きのどくといふことば。一句にさのみいらぬ事なれば。少し難これ有て。きのどくに侍る。右又猫のらうさいと。いふ小歌を。妻恋にとりあはされたるはよい作にや。きんにや。うにや。（後略）

こう批評しておいて、結局芭蕉は右方の句を勝ちにしている。左方の句を、猫にまたたびを付けたのが珍しい、とした意味がよくわからないが、「ふし（鰹節）」や「花かつを」など、猫にちなんだ言葉をちりばめて評しているのが工夫である。また、「きんにや。うにや」というのは弄斎の合いの手のヴァリエーションであるが、「にや」が猫の鳴き声を模しているのは明らかだろう。ここでも、芭蕉はユーモアたっぷりに批評しているのである。

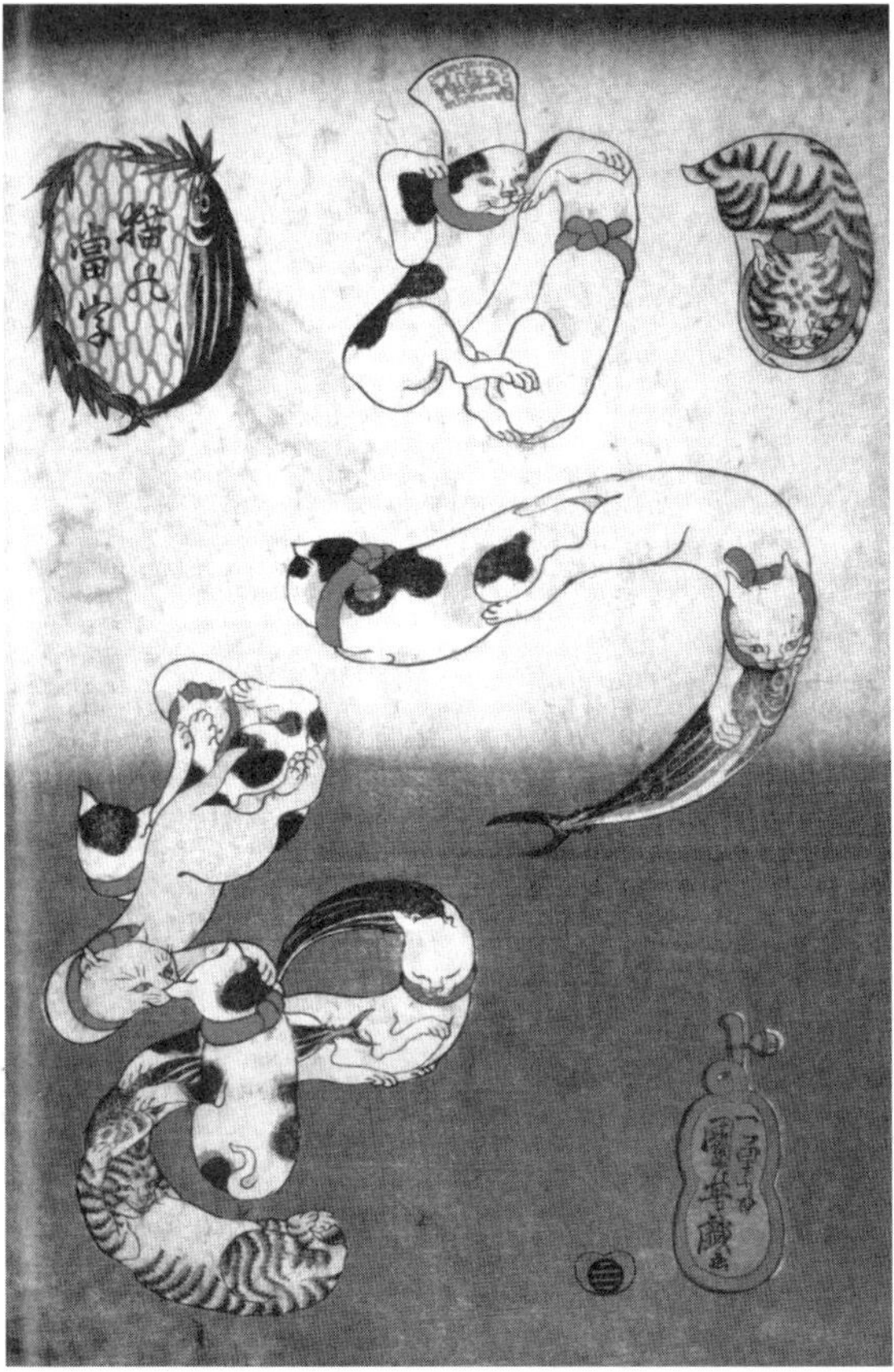

歌川国芳画「猫の当て字」かつを　いろいろな毛色の猫が集まって「かつを」の文字に化けている。それぞれの姿態には無理がなく、さすが、猫の姿をよく観察している国芳と思わせる。

お猫さまの生活

さて、次は江戸に暮らした猫の生活を記した資料を見ていきたい。江戸時代でも猫はねずみ捕りと愛玩動物の二つの面を備えていたが、愛玩動物化にいっそう拍車がかかり、どこぞこのお妾さんはきじ猫、どこそこのご隠居さんは手白の三毛、などと需要が高まった。もちろん、それにはあの悪名高い綱吉の「生類憐れみの令」の影響もあっただろう。猫をうっかり死なせて遠島、というのが当たり前の時代もあったのだ。

猫を飼う家、それもかなり裕福な家では、猫はどのような生活をしていたのだろうか。まずは食事である。『雲萍雑志《うんぴょうざつし》』という随筆には、猫の食事についてこんな注意がしたためられている。

猫を飼う者は、多くは猫の飼い方を知らない。飯を与えるのに鰹節を入れ、動物性タンパク質を加えている。猫が常にこんな贅沢な食事をするときはねずみを捕らない。猫は、麦を炊いて味噌汁をかけて与えるべきである。その他の食事を与えるべきではない。いつも肉食に慣れさせてしまえば、肉類のないときは必ず他の家に行って魚肉を盗むだろう。

推奨されているのは、あくまでねずみを捕らせるための猫の食事である。だから逆にいえば、愛玩用の猫にはご飯に鰹節を混ぜたものを常食とさせていたということがわかる。これは栄養学的には不適格な食事らしいが、しかし、麦に味噌汁よりはましであろう。はたしていくら慣れたからといっても、麦飯に味噌汁をかけたものを猫が食べるのだろうか。

猫を大切にする人は、猫が病気になったときはちゃんと対処法を持っていたらしい。草双紙の『朧月猫のさうし』は、山東京伝《さんとうきょうでん》の弟である山東京山《きょうざん》の作であるが、ここに猫の医者というのが登場する。人間ではなく、猫が医者をしているのだ。京山が、このところ耳が聞こえにくくて困っていたところ、「三毛村のやう庵」という耳の名医がいることを知り早速往診を頼む。やってきたのは「猫背中の猫老人」で、「それはお困りでございましょう」と言い、黒猫の耳の黒焼きと猫のよだれを丸薬にして耳に入れれば治るという。京山はたまたま死んでいた黒猫と、またたびで引き出した飼い猫のよだれを用いて薬を調合したところ、たちどころによく聞こえるようになった。それどころか、人間の言葉以外に猫の言葉まで聞こえるようになったのでこれを書いたのだ、というのが『朧月猫のさうし』の冒頭部分である。

この『朧月猫のさうし』には、猫の妙薬という項目もある。猫の妙薬はなんといってもまたたび。そして青魚《にしん》とドジョウは猫の人参（人間の高麗人参に相当する強壮薬か？）だという。そして、

どんな病気でも烏薬を飲ますべきであります。あるいは、硫黄《いおう》と胡椒《こしょう》を半々にしてのりで丸めたものを飲ませなさい。何の病でもききます。猫の腰が抜けたときは、背中と尻尾の

間に灸をなさい。不思議に足が立ちます。猫にからす貝を食べさせてはいけません。食べればできものができて耳が落ちます。これは『求聞医録《ぐもんいろく》』に見えております。

などともっともらしいことが書かれている。当時、動物を治す専門の医師は「馬医」などを除くとほとんどいなかったといってよいが、この記述はペットとしての猫のケアが人々に意識されていたことを示しているともいえる。

さて、猫、といえば困るのがノミである。猫には必ずノミがわくと信じている人がいるが、そうではない。家の中だけで飼っている猫は、家にネコノミが入ってこない限りノミの犠牲にはならない。気ままに外を歩く猫がノミを拾ってくる、あるいは別の猫からもらってくるのである。

しかし、第六章でも見たように、慶長年間（一五九六～一六一五）から猫は放し飼いにされているのだから、どんなお金持ちの猫でもノミはいる。一般にネコノミは人間につかないといわれているが、それは誤りである。人間でもネコノミに嚙まれる（私の実体験でもある）。これではかなわない。ではどうするか。

いるのである。ちゃんとした「猫のノミ取り」という商売人が。井原西鶴の『西鶴織留《さいかくおりどめ》』巻三には、「こんな商売もあるもんだ」という表題で猫のノミ取り屋のことが書かれている。それによると、こんなふうだ。

『朧月猫のさうし』（『朧月猫の草紙』河出書房新社より）　耳の病にかかった山東京山のところへ、猫の医者が往診に来た場面。年経た猫背の猫がいかにも医者らしい貫禄を表している。

年五十歳ばかりの男が、風呂敷を肩にかけて「猫のノミ取りましょ」と声を立てて回ってくる。大家のご隠居などで、手白三毛（手先だけが白い三毛）を可愛がっている人が「取れ」というと、一四三文に決めて器用に取るのである。

その方法はとても合理的である。今でも応用できるのではないかとさえ思われる。

男は、まず猫に湯をかけて洗い、濡れたままの身を狼の毛皮でくるんでしばらく抱いている。すると、濡れたところが嫌いなノミがどんどん狼の毛皮に移ってくる。みんな移ったと思うところに、毛皮を道にふるい捨てるのである。

ノミの性質をよくわきまえた退治法だといえよう。道にふるい捨てたノミがまた別の猫や人につくのではないかと心配するが、ノミ取り屋はそれもちゃんとわかっていて、知らん顔でまた商売に励むのである。

このように、裕福な家にもらわれた江戸のお猫さまはかなり豊かな生活をなさっていたようである。唐猫から始まった猫のペット化は、江戸時代に至り現代に近いかたちとなったといえよう。

猫好き文人

中世の禅僧に猫好きが多かったように、江戸のインテリにもまた猫を好む人がいた。その中から二人を紹介しよう。一人は大田《おおた》南畝《なんぽ》・蜀山人《しよくさんじん》である。彼が猫を飼っていたという確証はないが、「猫の賦《ふ》」という一文を残しているから可能性はある。「賦」とは中国の詩の六つの形態を表した語の一つで、「所感をありのままに述べるもの」という意味である。この賦には猫が死んだことを暗示する箇所があるので、蜀山人が飼っていた猫が死んだとき、ひたぶるに思いを込めて書いたものだと推測できる。

かなり長い文章のうえ、故実を踏まえているので全文を現代語訳にすることは難しい。そこで、適宜意訳しながら必要な箇所だけを見ていこう。

鶏は朝ときを告げ、犬は夜の安眠を守る。みな養い慣れ親しむべきものである。そういった動物はたくさんあるけれど、鳥は心を慰めるが、すり餌やまき餌がわずらわしく、魚は見ていて気持ちがいいが、水にぼうふらが湧いて困る。ほかにもあるがいろいろ飼うのには損があって、益のないものである。ここに一つの動物がある。それを飼うのは飯を以てする。アワビ貝一つ、鰹節いくつかで一年もつ。顎のしたにきれいな毛を隠し、眼で六つの時間をはかる。たまたま涅槃図に描きもらされたのも、中国の詩人・屈原《くつげん》が『楚辞《そじ》』に梅の詩を入れ忘れたのと同じだろう。夏は牡丹の影に眠り、蝶々になってたわむれる夢を見ていても、ついに垣根に埋められて、隣りの藪の筍の肥やしとなると思うとあわれである。

蝶や牡丹との組み合わせなど、故事を用いて猫を礼賛している。アワビ貝というのは食べさせるのではなく、貝殻を飯入れに使うのである。

いく種もの動物の中で人間にとってもっとも「益ある」のが猫だ、というのは最高のほめことばだ。しかし、時は経ち、猫も永遠に眠ることになる。この賦の最後は、

虎は死んで皮を残すというが、鬼のふんどしになるばかり。しかし、猫の皮は三味線になって、昔慣れていた人間を膝枕にして、思い思いの音色に弾かれるのもまたよいものではないか。

と結ばれている。愛猫を三味線にする者はいないだろうし、三味線は死んだ猫の皮を使ったりはしないが、これも修辞の一つだろう。愛猫が三味線となって帰ってきて、昔懐かしい人の膝に抱かれている、という空想は、残酷というよりいかにもやさしい。

猫好き文人の猫の文は他にもある。あの蕉門十哲の一人、各務《かがみ》支考《しこう》の「猫を祭る文」（『風

俗文選』所収）である。これは支考の飼い猫ではなかったらしいが、漢詩の四六体を使った漢字かな混じり文だ。四六体というのは中国で生まれた詩の書き方で、修辞を凝らした文体である。したがって、ここでもその部分は現代語訳にしにくいので、最初だけを掲出してみよう。

李四の草庵に一つの猫がいて、彼はこれを慈しみ思っていた。まるで人間の子どもを育てるに異ならなかった。しかし、今年九月二十日ばかりに、隣家の井戸に落ちて死んでしまった。李四はその墓を草庵の近くに作って、自ら「釈自円」と改名した。この猫を供養することはまったく人のそれのようであったので、猫も、生前のねずみの殺生の罪をまぬがれ、変成男子して成仏するだろう。

この猫を失った「李四」なる人物については不明だが、もし「四」が「由」の誤写であるなら、芭蕉門下の河野李由《こうのりゆう》の可能性がある。また、生前、自坊の庭に四本の梅の木があるのにちなみ、「四梅廬」と号したので、「李四」はそれとかかわる称かもしれない。まるで子どものように可愛がっていた猫の墜落事件。李四はそのため「釈自円」という仏名に改名までしたのである。

「変成男子云々」という表現からすると、この猫は雌だったのだろう。法華経で説かれているように、猫でも女の姿では成仏できないので、雄に変身しないとだめなのである。

　この後、「猫を祭る文」は華麗な四六体で猫への哀悼を綴っていく。「きのうは錦のしとねに眠る裕福な娘だったのが、今日は墨染めの衣を着た尼となった」などという箇所があることから、やはりこの猫は雌だったことがわかる。

　このように、猫好き文人は中世の禅僧のように猫を愛し、猫のために詩文を作ったのである。作者の感情を詩文に投影して読むのは少し危険だとは思うけれど、その心は今の人間と変わることはないと思いたい。家族同様の猫が、愛し愛された一つの記念碑として、詩文があるのだ。

回向院の猫

　近世の猫の章を閉じる前に、ぜひとも言及しておきたいのが回向院《えこういん》である。回向院は東京、両国にある有名な寺院だ。私は二〇〇〇年の夏、初めて訪れた。ここには鼠小僧次郎吉の墓があることで知られているが、一部では動物供養の寺としても有名なのである。そこに猫の墓があるというので、私は学会の翌日出かけていったのだ。

　回向院は、明暦三年（一六五七）に創設された浄土宗のお寺である。いわゆる「振り袖火事」が起こった年で、回向院の開創はその直後のことだった。火事で亡くなった十万人以上の人を、回向院では手厚く葬ったのである。いちおう浄土宗とされているものの、この寺は

回向院の猫の墓　東京・両国にある回向院には、動物供養塔や、江戸時代の猫の墓（写真）がある。猫の墓は、以前はなんと鼠小僧次郎吉の墓の真横にあった。現在は、別に小堂を建てて安置されている。（撮影／河本俊子）

宗派にこだわらずどんな人でも引き受けたそうだ。そのため、天災などがあった後は無縁仏が多くここに祀られた。

回向院の境内にはさまざまな動物の供養塔や慰霊碑がある。通常、動物は成仏できないものと考えられているが、それをあえて供養し成仏を願おうとしたのが回向院なのだ。その最初は馬である。第四代将軍家綱の愛馬が死亡して、それを葬ったのが動物供養の始まりだそうだ。境内には、可愛い猫のブロンズ像が飾られている供養塔があり、私の目を惹いた。

ここに、有名な猫の墓がある。この墓には、江戸ではしばしば伝えられている猫の報恩伝説が伝わっている。

この猫の墓が立てられたのは、寺伝によると文化十三年（一八一六）のことである。文久二年（一八六二）に成立した随筆の『宮川舎漫筆《みやがわのやまんぴつ》』には、次のような由来が書かれている。

江戸両替町の時田喜三郎の飼い猫は、出入りの魚屋がいつも魚を与えてくれるので、魚屋が来るたびに魚をねだっていた。しかし、魚屋は病気にかかってしまい、出入りがなくなってしまった。魚屋の病は長引き、ついに一銭もなくなったころ、誰かわからないが二両もの大金を置いていった。ようやく快気した魚屋は商売の元手を借りようと喜三郎のもとへ行くが、いつもの猫が出てこない。理由をたずねると、「あの猫は打ち殺してしまった」と言う。先だって金二両が紛失し、その後も猫が金をくわえているのを見つけ、さては前の二両も猫のしわざかと合点し、家中の者で撲殺《ぼくさつ》したというのである。魚屋はそれを聞いて涙を流し、二両は自分がもらったものだ、と言って差し出した金の包み紙が、間違いなく喜三郎の筆跡のある反故《ほご》だったのである。これはいつも魚をもらっていた猫が魚屋に恩返しをしたのだと喜三郎は感じ入り、二度にわたってくわえていった金を魚屋に与えたという。魚屋も、猫のなきがらをもらい受けて回向院に手厚く葬った。

各地によくあるパターンの猫報恩譚《ほうおんたん》だが、金を盗んだとはいえ、撲殺された猫はあわれを誘う。これが供養もせずこのままにされていれば、「猫の祟り」という別の伝説ができたことだろう。「報恩」と「祟り」はいつも紙一重だ。

魚屋が回向院に猫を持っていったのも、ここが動物供養を引き受ける寺であることを知っていたからだろう。たまたまこの猫の墓は随筆として書き留められていたので残ったのだろうが、この他にも、今は消えてしまった猫の墓の物語はたくさんあったと思われる。

私は、猫の墓のささやかさに、かえってこの話の真実味を感じた。

江戸時代の猫たちは、こうして詩文になり石になって今の私たちにいろいろなことを語りかけてくれるのである。

第九章　描かれた猫たち

涅槃図になぜ猫がいないか

今まで古代から近世の猫を追ってきたが、ここでは猫にまつわる絵と像の話をしたいと思う。主なテーマは涅槃図と招き猫、そして、十二支が戦い合う御伽草子『十二類合戦絵巻』の三つである。

第四章の「金沢文庫の猫」でも少し触れたが、釈迦涅槃図にはいろいろな動物が描かれている。称名寺の涅槃図は時代が下ったもので、鎌倉以降の形式である。涅槃図のもっとも古い作例は、高野山にある「応徳涅槃図《おうとくねはんず》」と呼ばれる十一世紀のものだ。この図では釈迦は仰向けに寝ており、それを取り巻く会衆の中には動物はほとんどなく、獅子が一匹、全身で悲しみを表しているだけである。こうした仰向けの釈迦を描くものを美術の方では第一形式と呼んでいる。それに対して、鎌倉時代に宋から入ってきた第二形式は、釈迦が横臥《おうが》して右手を手枕のように頭下に差し込む姿である。動物の種類や数も格段に多くなり、初期は獅子と象くらいだったのが、室町時代くらいになると鳥や虎、山羊なども加わってくる。

従来、ここに猫が描かれることは極めて少ないといわれてきた。古い文献ではその理由が確認できなかったが、昭和期の『俳諧歳時記』の類によると、次のような伝説が伝えられている。今でも、たまにお寺で法話を聞くと、これと似た話をされることが多い。

釈迦が入滅《にゅうめつ》することを天上に住む摩耶夫人に知らせると、夫人は悲しまれて薬袋を天上から投げ下ろした。ところが、沙羅樹の枝先に袋がひっかかった。誰も取りに行けない。折から、一匹のねずみが飛び出して薬袋の紐を食いきろうとしたが、下にいた猫がねずみに飛びつき食ってしまった。それで薬が得られず釈尊は入滅された。だから、涅槃図には猫は描かない。

とすると、釈迦入滅寸前には猫も集まってきていたということになる。しかし、無用の殺生をしたがゆえに涅槃図には描いてもらえなかったというわけである。この話の出所がどこなのかわからないが、いかにも猫に不利な話になっている。だが、しばし待て。

涅槃図にどのくらいの種類の動物が描かれているかをきっちり調査したことはないが、江戸時代の終わりにもなると、海の生物や虫なども描かれるようになる。まるでノアの箱船のようだ。もちろん、犬もいる。だから、猫がいないのは不思議としかいいようがないのである。猫は、本当に涅槃図から排除されたのだろうか。

次に掲げた、鎌倉中期とされる京都国立博物館の涅槃図では、すでに猫の姿が画中に現れている。よく目を凝らせば、案外古い作例にも猫が見つかる。

永野忠一氏の詳細な調査によると、有名な東福寺をはじめとして四、五の寺院の涅槃図に猫が描かれているという。そのいずれもタイプの異なった猫で、黒白斑文もいれば虎猫もい

「仏涅槃図」（京都国立博物館蔵）　上／全体図　左頁上／部分　釈迦の最期を描いた涅槃図は数多いが、部分図からもわかるように、悲しみにくれている動物たちの中に猫も参加している。こぢんまりと丸まった姿態が愛らしい。

東福寺の涅槃図は、猫がいることで知られる。茶色と白の毛並みを持つ猫が畏まっている。

①

②

涅槃図に登場する猫たち　①清涼寺　②相国寺　③檀王法林寺　④福知山の長安寺　毛の色や柄はさまざまである。なお、②については、寺は猫と断定するのは避けている。だが、ねずみを狙う姿は、猫以外のものとは思えない。(撮影／河本俊子)

るらしい。残念ながら私は、それらの寺院に調査にうかがえなかったが、展観の図録などを見ると、京都近辺でも四、五例見つかった。これらからも、必ずしも猫が仏敵だから描かれなかったのではないことがよくわかる。

私が「猫のいる涅槃図」として親しんでいたのは東福寺のものである。しかし、ここの涅槃図は縦横数メートルに及ぶもので、全部広げ切れない。だから、実際の開帳では猫のいる下の方は巻いてあった。その姿は、事務所で売られている絵葉書でしのぶだけである。

江戸時代でもこのような開帳のしかたであったらしく、蜀山人は『奴凧《やつこだこ》』という随筆で、

京の東福寺の開帳に、兆殿司の涅槃像をおがませしに下の所まで見へがたければ、札を下げて、この下に猫ありと書きしもおかしかりき。文化二年乙丑の冬、長崎より帰りがけに立よりて見しなり。

と記している。さすがに現代では「この下に猫あり」という札はなかったが、江戸時代でもそのようなことが行われていたのは、猫のいる涅槃図を開陳する寺が極端に少なかった、あるいはほとんど知られていなかったことを示しているのだろう。

その後、本書単行本を通じて涅槃図の猫を研究している河本俊子さんと親交を結ぶことになった。河本さんによると、少なくとも京都近郊の未公開を含む涅槃図を調査した限りで

は、猫、あるいは猫にしか見えない動物が涅槃図に描かれるのはけっして珍しいことではないということである。京都市内から福知山市に至る寺院の中で、猫を描く涅槃図は十七件、猫と断定はできないまでも「猫らしき動物」を描くものは七件確認できたという。「猫らしき動物」には、本来猫の仲間ではないジャコウネコや、ねずみを狙う姿から猫と推定されるものが相当する。しかし、寺院側が猫と断定するのを避ける場合もあって、そういうときはこちらが勝手に猫と言ってよいのか迷うらしい。

右京区西方寺の涅槃図は近年発見されたもので、大、小の二幅どちらにもしっかり猫が描き込まれていたそうである。また、真正極楽寺《しんしょうごくらくじ》（真如堂《しんにょどう》）や清浄華院《しょうじょうげいん》の涅槃図は江戸中期の絵師・海北友賢《かいほうゆうけん》の筆になるもので、猫入り涅槃図が構図としてすでに定着していた様子がうかがえる。

そう、猫は仏敵だから涅槃図に猫はいない、というのは、ある時点で一般化した伝説にすぎないのである。博学を誇った民俗学者である南方熊楠は、「猫一疋の力に憑って大富となりし人の話」で仏典に猫を悪者とする例をあげ、

> 本邦の俗伝に、仏涅槃の時、諸畜生これを悲しみしに、猫のみ笑いしとて、涅槃相の絵にこれを描かず。猫これを歎き、兆殿司に請いしゆえ描き入れたるが東福寺とかにありという。

と述べている(『南方熊楠選集　2』平凡社、一九八四年)。さすが、大英帝国留学中から猫と暮らしていた熊楠である(ちなみに、名前はすべて「チョボ六」だそうだ)。「十二支考」に猫がないのをつまらなく感じたのか、ちゃんと言及している。「本邦の俗伝」がどのようなものなのか私は未調査だが、曹洞宗龍昌寺住職竹林史博氏の『よくわかる絵解き涅槃図』(青山社、二〇〇八年)によると、文献的には江戸時代までさかのぼれるという。

河本さんは涅槃図の絵解きを聞き歩いた経験から、猫が涅槃図にいない理由を語るパターンが二つに分けられると述べている(「猫好きの京都案内—歴史の中の猫—」『あふひ』二〇一二年)。一つめは、お釈迦さまの臨終に間に合わなかったから、というもの。遅刻の理由は、「寝坊した」「化粧をしていた」という、なんだか私のことを言われているようなものから、「ねずみに嘘の情報を教えられたから」というのまである。これは、「十二支に猫がいない理由」としてよく聞く話との混同だろうと河本さんは分析している。

もう一つは、先に述べたように、天上から摩耶夫人が投げ落とした薬袋が沙羅樹の枝にひっかかり、それを取りに行こうとしたねずみを猫が邪魔したので、薬がお釈迦さまに届かなかった、というもの。それゆえ猫は仏敵になり、涅槃図にも描かれることがない、という説である。

おそらく、東福寺のように「うちの涅槃図は猫がいる珍しいもの」という絵解きがなされるようになったのは、江戸時代に増加した参詣者への宣伝という目的があったのではないだろうか。河本さんによると、現代でも、清凉寺では「本来涅槃図に猫はいないものだが、浄土宗ではすべての生き物が成仏すると説くので、その教説をうけてうちの涅槃図には猫が描かれたのだ」という絵解きがされたことがあるという。

猫がいる涅槃図は、特別なものではない。しかし、「猫がいる」ということをたくみに用いて参詣者に寺を印象づけようとする一種の観光事業があったことは事実のようである。

例年、春二月ないしは三月の十五日には各地で涅槃図が開帳される。今度こそ、猫のいる涅槃図をたずねてみたいと思っている。

『十二類合戦絵巻』の猫

猫が登場する著名な絵としては、江戸初期頃に作られたとされる『十二類合戦絵巻』を外すことはできない。十二神将のお使いである誇り高き十二支の動物が歌合をするが、狸が飛び入りしたものの排除され、恨みを抱いた狸が十二支に入らない動物たちを集めて戦をしかける、というお話だ。アイルランドにあるチェスタービーティーライブラリーが所蔵する絵巻がとても美しく、とくに、擬人化された動物たちが自分に関わりが深いものを模様とする衣装をまとったり、和歌を詠んだりする場面は見ていて楽しい。

猫は、狸が集めた十二支以外の動物たちが集合し宴を催している場面に現れる。宴の場面のほぼ中央に、猫にゆかり深い魚と流水、そして蝶の派手な模様の着物をまとった猫が酒をそそぐ入れ物を手にして半身を見せている。私は本書単行本の際、この猫を「遊女ではないかと思われる」と書いたが、つい最近、齋藤真麻理氏の著書によってそれが誤りだったことを知ったので、ここに訂正しておきたい。

齋藤氏の『異類の歌合―室町の機智と学芸―』(吉川弘文館、二〇一四年)の中心をなす論考は、CBL本(チェスタービーティー本)『十二類合戦絵巻』についての詳細で周到な考察である。動物たちの酒宴の場面が『前九年合戦絵巻』の一場面を模していることなど新知見に富んでいるが、今は猫に関するところだけを紹介しよう。猫を遊女と見る説は、もともと小峯和明氏が提示したものである(「お伽草子の絵巻世界―ものいう動物たち―」『日本文学文化』第四号、二〇〇四年)。齋藤氏はこれを次のように否定している。

色鮮やかな衣装や紅をさしたような口元から、遊女または若衆と見る説もある。しかし、詞書によれば猫は侍大将を拝命している上、(中略)『前九年合戦絵巻』の童子と等しく袴姿であるから遊女ではない。堂本本の猫が口元を引き締めているのに対し、CBL本の猫は赤い舌を出しているために紅と見紛うのも無理はないが、俳諧では「舌」の付合《つけあい》は「猫」(『類船集』)である。

十二類合戦絵巻（チェスタービーティーライブラリー本）上巻　齋藤真麻理『異類の歌合―室町の機智と学芸―』（吉川弘文館、二〇一四年）より。十二支へ合戦を挑むため集結した獣たち。中央にいるのが猫で、このCBL本では紅い舌を出している姿で描かれる。

なるほど、モノクロ写真しか公開されていないが堂本本を見るとたしかに猫は舌を出してはいない。派手な衣装に紅色の口もと、そして酒の給仕という行為から「遊女」のものとうのみにした私の中には、「酒の席には遊女がいて当然」というジェンダーバイアスがかかっていたものと見える。

黒い招き猫

猫嫌いでも関心があるのが招き猫であろう。ちょっとした飲み屋でも、片手をあげて人を招いている三毛が一匹はいるはずである。招き猫にはコレクターも多く、伊勢のおかげ横町では新旧取り混ぜた招き猫が売られている。

私の経験だが、イタリアのフィレンツェの老舗レストランに行ったとき、レジのところに小さな招き猫があったので驚いたことがある。これは幸福を招く猫です、とつたない英語でウエイターに話すと、彼はそれを知らなかったらしく、オウ、と驚いていた。しかし、どうしてあのようなものがイタリアにあったのかわからないが、日本文化の浸透ぶりはすさまじいものがある。もちろん、客商売にふさわしい置物であるに違いないが。

もう一つ、ベニスではなんと「MANEKINEKO」という洋服屋を見つけた。別に猫の柄の服が置いてあるわけでもない、普通の服屋である。どうしてこんな店名にしたのか聞きたかったが、イタリア語がまったくだめな私は諦めるほかなかった。もしかしたら、店主が日本に来たとき、招き猫という存在を知りそれを店名にしたのか、と推理したものである。

さて、招き猫の研究は多い。したがって、ここでは招き猫の歴史などを改めて語るつもりはない。私が述べたいのは、京都にある日本最古の招き猫のことなのである。

通常の研究書によると、もっとも古い招き猫の由来は東京の豪徳寺であると紹介されている。豪徳寺に伝わる由来書によると、こんな話である。

豪徳寺がまだ小庵であったころ、庵主の僧が一匹の猫を飼っていた。あるとき、庵主が猫をなでながら、独り言に、精のあるものならば、育ててもらった恩に報いてもよいのにといった。それを聞き、猫は門前でうなだれていた。そこへ立派な狩装束の武士が、二、三の供の者を連れて通りかかった。すると猫が、前足をあげて武士を招いた。不思議に思った武士が、猫についていくと、庵がある。和尚が一行を内へ招じ入れるや、外では激しい雷雨となった。そこで雨やどりをしながら、武士は庵主の法談を聞いた。老僧の高徳・博識と猫の霊妙なふるまいに感じた武士は、その庵を菩提寺に定めた。その武士は、近江の彦根藩主、井伊家の第二代当主、井伊直孝であった。

小島瓔禮《よしゆき》氏によると、後年、豪徳寺の境内にある直孝の墓の近くに猫塚を作って猫の菩提を弔ったのが招き猫の信仰の始まりであり、寺の門前で焼き物の猫の座像を作って売り出し

豪徳寺の招き猫　「招き猫」の発祥の地として名高い豪徳寺の猫塚に奉納されたたくさんの招き猫の像。大から小まで、あらゆる招き猫が並ぶ。(撮影／河本俊子)

たのが招き猫の像だというのである（『猫の王』小学館、一九九九年）。

豪徳寺が井伊家にふさわしい大寺の機構を整えたのは寛文《かんぶん》年間（一六六一〜七三）から延宝年間（一六七三〜八一）だと寺誌にあるので、招き猫信仰はこの頃が初めてであるということができよう。

しかし、この豪徳寺よりも少し早く招き猫信仰が京都に発生していたのである。それが三条京阪の近くにある檀王法林寺《だんのうほうりんじ》、通称「だん王」さんだ。

井上頼寿氏の『京都民俗志』（平凡社、一九八二年）には、ここの招き猫についての記載がある。

三条大橋東づめの檀王（今の檀王法林寺）の主夜神《しゅやじん》の神使は猫なので、招き猫を出す。緑色の猫で右手をあげる。徳川時代は民間では左手の方の招き猫より他は作らせなかったという。

『だん王法林寺史』によると、この寺はおよそ七百年前、浄土宗の了恵上人《りょうえしょうにん》が開基したもので、朝陽山悟真寺という名で浄土宗三条派の根本道場となっていたという。ところが、中世末期の戦禍《せんか》と混乱のため衰退し、三百年後の永禄年間（一五五八〜七〇）には火災のため全山が焼失した。その後、慶長十六年（一六一一）に袋中《たいちゅう》上人がここに寺院を復興し、みずか

主夜神招福猫　夜をつかさどる神のお使いのせいか、鈴以外は真っ黒な招き猫である。檀王法林寺のもののレプリカは三種類の大きさがあり、求めることができる。みな右手をあげているのが特徴。（撮影／河本俊子）

ら京都の人々に念仏信仰を広めた。そして第二世の団王《だんのう》上人の努力もあり、檀王法林寺の基礎が作られたそうである。

この袋中上人は琉球《りゅうきゅう》（現在の沖縄県）まで行ったことでも有名で、『琉球神道記』を著してもいる。この上人が檀王法林寺の中興の祖となった。招き猫の由来は、実は袋中上人に深い関係があるのだ。檀王法林寺には袋中上人が感得したという「主夜神尊」という神をまつっている。この神は正式名を「婆《ば》珊《さん》婆《ば》演《えん》底《てい》主《しゅ》夜《や》神《じん》」といい、『華厳経』の「普賢行願品第十七」に出ており、別名を「春和神《しゅんわじん》」という。海や陸における夜の闇の恐怖や諸難を取り除き衆生を済度する神で、古くから火災や盗難から守ってくれるという信仰がある。寺伝によると、袋中上人は琉球へ渡るとき、黒猫を伴ったという。そのため、十七世紀初めに猫信仰が生まれたと推測される。

本居宣長の日記によると、宝暦六年（一七五六）頃になって主夜神信仰が急速に高まったという。安永八年（一七七九）に刊行された『都細見図』には、「ダンワウ法林寺シユヤジン」として本堂と主夜神堂を描いている。この頃の信仰がさかんであったことがわかる資料である。

井上頼寿氏の記している「緑色の招き猫」とは、この主夜神のお使いである黒猫をかたどったもので、右手をあげて招いている。この猫像がいつ頃から作られ始めたのかはわからないが、寺では豪徳寺よりは少し古いと説明している。袋中上人が感得した神様であるので、その頃から招き猫信仰があったということになる。そして、実際招き猫の像がさかんに作られたのは、主夜神信仰が高まった十八世紀半ばからではないだろうか。

ここの招き猫は緑色がかった黒一色で、首に金色の鈴をつけている。主夜神という神様は私たちになじみがないが、夜を守るということで猫も闇のような黒猫になったのだろうか。

この招き猫の特徴は右手をあげていることで、左手をあげているものが一般に多いのとは異なるのである。よく「左手をあげるのは金を呼び、右手をあげれば人を呼ぶ」とか、またそのまったく反対の言い伝えが聞かれるが、檀王法林寺の招き猫はずっと右手をあげており、これは他の店などが模作してはいけないことになっていたそうである。

普通、三毛が多い招き猫だが、この黒い招き猫は素朴でちょっと不気味な感じがするところがいい。昔読んだ都筑道夫のミステリ小説に「黒い招き猫」というのがあったせいだろうか（これは法林寺の猫とは関係なく、はりぼての招き猫を作る際の型になるもの、という説明だった）。

私もこぶりなのを一つ求めてきて、「猫コレクション」の棚に飾っている。しもぶくれの黒猫は、今晩も私と猫の夜を守ってくれるのだろう。

涅槃図と招き猫というヴィジュアルな猫について述べてきたが、これらには言い伝えしかない部分が多く、はっきりとわからないところが多い。しかし、春まだ寒い日、涅槃図巡りをしながら猫を探す楽しみもいいし、各地や各店で異なる招き猫を比べてみるのも楽しいものである。猫と人間とのかかわりは、こんなところにもあるのだな、と思わせる。かつては魔性とも呼ばれた猫が今度は福を招くなど、なんと皮肉なことだろうか。

「描かれた猫」は、本章で取り上げた涅槃図、『十二類合戦絵巻』、招き猫のほかにも、数え切れないほどの作品がある。猫が民衆の家や店先にちょこんと座る姿を描いた中世の絵巻などは、すでにいろいろなところで紹介されているし、浮世絵にも「美人と猫」を中心としたものが簡単に見出せる。二〇一四年には、渋谷区立松濤美術館で「ねこ・猫・ネコ」展という猫づくしの美術展が開催された。猫を「見る」ことの喜びを満喫する観覧者は、ことごとく笑顔を見せていた。私は、猫が描かれ続けた理由を、そこに見た気持ちになった。

では最後に、「描かれた猫」の中でレア物の一点と、浮世絵で猫といえばコレ、という人気の一点を掲げて掉尾《ちょうび》を飾ることにしよう。前者はこれでしか見られない、珍しい猫のミイラの化け物。後者は「ジャパニーズボブテール」として今や世界に認められた、尻尾が丸く短い典型的日本猫だ。この猫の飼い主は、遊女らしい。ちんまり丸まった背中から後頭部にかけての線が、実に愛らしい。まるでなでてもらうのを待っているかのようである。

古くから人の手になじみ、ずっと日常のどこかに存在し続けた猫。猫と人間は、もちつもたれつ、今も生を分け合っているのである。これからもかれらとともに生きる喜びをかみしめつつ、筆を擱《お》くことにしよう。

「百鬼夜行図（模本）」部分（東京国立博物館蔵／Image：TNM Image Archives）　百鬼夜行図は、動物や道具の怪が行列をなす絵巻物。御幣を手に踊り狂うのは、猫のミイラたち（ちゃんと耳があるのがおもしろい）。この図像は東博本にしか見られないものである。

歌川広重画「名所江戸百景」浅草田甫酉の町詣　酉の市から帰る人の列が夕陽に照らされる。部屋の主の遊女は、鷲神社の熊手のかんざしを広げたまま、客を送り出してくつろいでいる。猫の平穏な姿が遊女と重なるという説もある。

エピローグ

――ちりん、ちりりん
鈴の音《ね》がかすかに聞こえる。猫があなたを探しているのだ。もうすぐしたら、あの暖かい毛並みと甘えた鳴き声がやってくるだろう。

この本を書き始めたころ、村松友視氏の『アブサンの置土産』（河出書房新社、二〇〇〇年）という随筆が出版された。その中に、「鈴の音」という題名の章があるのだ。そういえば、かのアブサンは首に立派な鈴を光らせていたようだ。もう聞こえないはずの鈴の音が、村松氏にはときどき聞こえるという。まるでアブサンが「ここにいるよ、ここだよ」とささやいているように……。

『鈴の音が聞こえる』という題名に決めたのは『アブサンの置土産』より早かったのだが、私は村松氏に不思議なシンクロニシティーを感じたものである。

猫と人との繋がりは、長く、深い。一九九八年の冬、「古代エジプト展」を見に行ったとき、猫面人身の「バスト」と呼ばれる知の女神の像や、猫のミイラを目にし、私はいっそうその思いを強く持った。あるいは貴族の膝に抱かれ、あるいは僧侶の伴侶となり、あるいは民家でねずみ退治をし、数限りない猫たちは人とともに生きてきたのである。そして、私は、過去においてよき友だった幾匹かの猫に思いをはせた。

「猫は九つの命を持っている」ということわざがある。そういえば、佐野洋子氏も『100万回生きたねこ』という名作絵本を作った。一匹の猫の命は、人よりはるかに短いけれど、人が愛した猫の魂は永遠に生きるのだ。長い長い歴史の中でくりひろげられた猫と人とのドラマ――。そのすばらしさを心に刻みつつ、この本を閉じることにしたい。

【付録】漱石先生、猫見る会ぞなもし

「吾輩」の毛色

「吾輩は猫である」。このフレーズを使って「うちの子」が語るブログを書いたことがある、あるいは書こうかなと一瞬でも思ったことのある猫好きはあまりに多い。いや、そんな陳腐なまねはいたしません、漱石の小説はドイツの猫の一人称小説を方法的に取り入れたのだから、無批判にそんなことをすると、それこそ「吾輩」くんに笑われます。インテリ半可通はすまし顔でこんなふうに言う。しかし、活字離れ、ネット依存などと騒がれる昨今の若者でさえ、読んだことがなくても「吾輩」のことは知っている。つまり、「吾輩」は日本で一番有名な猫といっても過言ではないのである。

今、この本を手にしている諸氏は、「猫といえばすぐ漱石を持ち出す浅学非才な奴め」と鼻で嗤っておられるかもしれないが、いやいや、漱石と猫とのご縁はなにも「吾輩」やそのモデルとなった夏目家の三代にわたる猫たちに限ったことではないのだ。木で鼻をくったような顔つきのそこのお方もよく聞かれたし。ま、木で鼻をくった場合の力学的考察については、漱石の教え子で、「寅」というネコ科動物の名前がついた物理学者にでも尋ねてみることです。

さて、私が漱石と猫について改めて関心を持ったのは、ある夕刻、大学の同僚の研究室を訪ねたときのことであった。アンティーク風調度に囲まれた同僚の広い机の上にぽんと投げ出されている一冊の文庫本が、私の目を惹いたのである。頁の反りのない、いかにも新本ですといった分厚い本である。その表紙には、黄色い色を背景に英国風の椅子に寝そべる猫と、朱色のひなげしが描かれている。真っ白な長毛種に丸い顔の猫、ということはペルシャ猫であろう。ならばペルシャ猫贔屓の谷崎潤一郎か、とタイトルを確かめると、くそまじめな楷書体で書かれていたのは『吾輩は猫である』（新潮文庫、二〇〇三年）。

ポピーとかコクリコとかいう花は、日本風に虞美人草というべきなのであった。だが、この猫は何だ。まるで金満事業家である金田家の応接間にいそうな長毛種ではないか。「吾輩」はたしか「駄猫」であり、毛色は「淡灰色の斑入り」（『吾輩は猫である』六）だったはずである。はて、小説中にペルシャ猫が重要な役割で登場したかしらん、と首をひねってみたが、思い当たるのは、「吾輩は波斯《ペルシア》産の猫の如く黄を含める淡灰色に漆の如き斑入りの皮膚を有している」（一）と猫自身が語った言葉くらいである（もちろん、「吾輩」は長毛種ではない）。文庫本を手に取りカバーの袖を確かめると、「カバー装画　安野光雅」とあった。新仮名遣いで活字が大きくなった、新潮文庫の新版である。

『吾輩は猫である』はこれまで二度映画化されており、テレビドラマで漱石が取り上げられるときも、猫が俳優の足元をうろうろするのがおきまりとなっている。私は一九七五年公開

あかざと黒猫（県立神奈川近代文学館蔵）

の、仲代達矢が苦沙弥《くしゃみ》先生を演じた市川崑監督の映画をロードショーで観ているが、そこに登場した猫はいやに立派で、「淡灰色の斑入り」というよりロシアンブルーやシャルトリューのようなぬめるように光るグレーの洋猫に似ていて、どうも違和感がぬぐえなかった。こいつなら、たかがビールで酔っ払って甕《かめ》に落ちたりしなさそうであった。

　私の頭の中にある「吾輩」は、漱石自身の筆になる「あかざと黒猫」（大正三年〈一九一四〉、神奈川近代文学館蔵）である。この猫は夏目家三代目の猫がモデルであると、漱石夫人の夏目鏡子が『漱石の思い出』（文春文庫、一九九四年）に記している。二〇一三年、「夏目漱石の美術世界展」（東京藝術大学大学美術館などで開催）に出展されたが、夏目房之介によると、漱石の絵の先生である津田青楓《つだせいふう》は、「眼があるから猫と云ふんだが、青木ヶ原あたりにゴロゴロしてゐる溶岩の塊だといつてもいい」と酷評したらしい（「趣味の効用」『芸術新潮』二〇一三年六月号）。小説の中にも苦沙弥先生が昼寝する「吾輩」を写生する場面があるが（一）、その絵たるや「只一種の色であるといふより外に評し方のない色」と当のモデルに酷評されている。「あかざと黒猫」にその様子を重ねてみるのも一興であろう。

ちなみに、この『芸術新潮』の表紙は矢吹申彦描く漱石と猫だが、猫は真っ黒な毛色に喉の下と足先だけが白く、猫好きで知られたヘミングウエイの愛猫「ボイシー」に似ている。よく目にする岡本一平画の「漱石先生」は、猫と漱石を描く際の原型を作ったとおぼしいが、この猫も黒っぽい毛をしている。どうやら、淡灰色に斑入りという毛色を表現するのは難しいようである。猫にも、描きやすい毛色や絵にしたときに映える毛並みというのがあるように思われる。

猫好きはどちら

先述の『漱石の思い出』によれば、どこからともなくやってきて住み着いた子猫が夏目家の初代の猫であった（二三「「猫」の家」）。いくらつまみ出してもいつのまにか戻ってきて、ご飯のお櫃の上で寝ているというしたたかな猫である。この猫を見た按摩のお婆さんが、「奥様、この猫は全身足の爪まで黒うございますが、これは珍しい福猫でございますよ。飼っておおきになるときっとお家が繁昌いたします」というので飼うことにしたという。この初代猫は「全身黒ずんだ灰色の中に虎斑がありまして、一見黒猫に見えるのですが」と鏡子が記している通り、「吾輩」の猫物造形に多大な影響を与えたと思われ、その意味では夏目家にとって福猫であったに違いない。

ただ、気になるのは鏡子が「猫嫌いのわたくしは」と言うのを漱石がとりなしている箇所がある点である。大正四年（一九一五）八月二十五、二十六日付の『報知新聞』に、「猫の話絵の話」と題する漱石インタビューが掲載されている（『漱石全集』二十五巻、岩波書店、一九九六年）。ここで、記者から「お好なものは、時々お書きになる物にも出て来るやうですが、例へば猫とか文鳥とか……」と問われてこう答えているのである。

「イヤ猫は飛んだ有名なものになりましたが、好きではありませんよ」

記者は漱石の言をフォローするように、「尤も決してお嫌ではないが、何方かと云へば先生は犬がお好き、猫は夫人の方がお好なのだと云ふ」と記している。初代の猫を鏡子がずいぶん邪険に扱っていたことは『漱石の思い出』からうかがえるが、先述の按摩のお婆さんから「福猫」と太鼓判を押されてからは「今度はあべこべに私が自分から進んで、女中のやった御飯の上におかかをかけてやったりして、だいぶ待遇が違って参りました」（傍点原文ママ）との豹変ぶりであったので、その後「お好」になったのかもしれぬ。

インタビューの続きには、「ツイ有名になつて仕舞ふと、中には猫の骸骨などを送つてくれた人がありました――丁度これ位の」と、漱石が猫の丸い頭蓋骨を手ぶりで示したり、「それから○○さん――御存じですか、あの方のお嬢さんがシャムに居られる」と「万里の波濤を隔てゝシャム猫のお話」に興じたりする姿が描かれる。漱石が言及しているシャム猫のことは、大正四年七月二日の物集（当時井田）芳子宛書簡にも現れる（『漱石全集』二十四巻）。井田芳子はこのとき「シャム」（タイ）にいた。その文面の末尾には、「シャムの猫は是非下さい。待つてゐます。忘れては不可せんよ。」と念押しの一文があり、生きた猫の謂かどうかは分からないものの、漱石のシャム猫への関心のほどが思い知られる。

猫が好きか嫌いかなどという詮索は、漱石にとって無用であろう。文筆稼業の気晴らしとして、昼寝を決め込む猫にちょっかいを出す以上のものはない。明治三十一年（一八九八）、漱石は正岡子規にこんな句を送っている（『漱石全集』十七巻）。漱石と猫とのつきあい、推して知るべしである。

行く年や猫うづくまる膝の上

膝の上の猫とは、漱石先生、うらやましいぞなもし（うちの「きなこ」という猫は、膝に乗ってくれたことがないのだ。パソコンのキーボードの上は好きなくせに……）。

猫の展覧会のはじまり

さて、猫は従来「見られる」動物であった。それは、展覧会という名のもとに行われる場合もあった。漱石と猫の関係は、こうした展覧会にも見出せる。漱石が唯一残した美術論「文展と芸術」は、大正元年（一九一二）に開催された第六回文展の鑑賞録でもある（陰里鉄郎解説『夏目漱石・美術批評』講談社文庫、一九八〇年）。文展に猫の絵があったわけではないが、漱石が絶賛した朝倉文夫の彫像（これは猫像ではなく、青年の像）が出品されていた。

この朝倉は、猫を愛し多数の猫の塑像を生み出したことで知られる（『作家の猫』平凡社コロナ・ブックス、二〇〇六年）。朝倉は若い頃から「猫百態展」なる展覧会を開くのが夢であった（宮下太郎「幻の「猫百態展」」『作家の猫』所収）。百態には足りないが、数十点にのぼる猫の塑像を残した朝倉の飼い猫は、「松、竹、梅」と名付けられた猫のきょうだいほか十数匹おり、お気に入りの猫だけが朝倉の膝に座ることを許されたという。猫に囲まれた朝倉の写真を見ていると、彼の猫像が猫の骨格や筋肉の付き方などを熟知したうえのものであることが実感される。猫の体のしなやかさは、触ってみて初めてわかるからである。

同じ猫を見せる会でも、絵画や彫刻でなく実物を展覧に供する催しもある。現代ではキャットショーと呼ばれ、グランプリを狙うため、ステージママのごとき飼い主は我が猫の手入れに余念ないと聞く。同じ「展覧会」つながりで、生身の猫を展覧する催しがいつごろから起こり、日本ではどうであったのか少し述べてみたい。ここにも漱石と朝倉の名前が登場するからである。

猫の品評会が成立するためには、いくつかの条件が必要である。一つは家庭で広く猫が飼われるようになったこと、そしてもう一つは、猫の品種が認定されたことである。どんな猫でも血筋をさかのぼればリビアの砂漠地帯で小動物や昆虫を捕食していた猫の原種に行き当たるといわれるが、現代ではそこから人為的に作り出し、種として固定化したいくつもの猫の品種が生まれている。先だっても、新たな品種が認定されたというニュースを読んだ。その猫の名称は「リュコイ」。ギリシャ語で「オオカミ」という意味で、別名「ウェアウルフ・キャット」というそうだ。目鼻口の周囲に毛が生えておらず、ぼそぼそとした体毛と突き出した鼻はたしかにオオカミを思わせる。猫の品種は、突然変異体として生まれた個体を人為的な交配を繰り返すことにより、身体的特徴を一定に発現させるようにして成立する。こうしてDNA上では「雑種」の新種は「純血種」と変じ、珍しい品種として猫の市場を活性化させることになるのである。

猫の品評会、キャットショーはこうした「純血種」を保護する役割も担っており、猫を品種という枠にはめて分類し価値づけをすることが目的だったと思われる。記録に残る世界で最初の公式キャットショーは、一八七一年七月十三日、ロンドンのハイドパークにあるクリスタルパレスにおいて開催されている（ウルリッヒ・クレヴァー『猫の本』同朋舎、一九八七年）。イングランドのハリソン・ウイア（Harrison. W. Weir）の提案によるもので、彼は猫のスタンダードを発案し品種分けを確立した人物であった。このショーでは、ペルシャとブリティッシュショートヘアーの二品種が出陳の対象とされた。一九三六年にクリスタルパレスの建物が焼失するまで、キャットショーは毎年開かれたという（ハリエット・リトヴォ『階級としての動物』国文社、二〇〇一年）。

その後も、一八七三年にアレクサンドリアとバーミンガムでキャットショーが開催され、一八八七年にはナショナル・キャットクラブが開設された。キャットショーが大英帝国で始まったのは、単にねずみを捕る有用なケモノとして扱われていた猫が、上流階級の愛玩動物としての価値を持つに至ったことを意味していよう。愛玩動物は贅沢品であり、人間の階級を表す記号となったのである。そしておそらく、猫もまた、品種に分類されることで階級社会の仲間入りをしたのである。ヴィクトリア朝の大英帝国で、猫に肉を与える「猫肉屋」という商売があったことは、ドリトル先生シリーズを読んだ人なら記憶にあろう。だが、街頭で切り落とし肉を与えられる猫は、いまだ市井のねずみよけの猫にすぎなかった。上流階級の猫は、むやみな交配を避けるために屋敷の外に出されることはなかった。

一八九八年に至って、キャットショーはいよいよチャンピオンシップを伴うようになる。

ナショナルクラブ主催のこのショーでは、クラシックシルバータビーの猫が注目を集めたという。クラシックタビーとは渦巻きのように見える縞模様のことであり、現在のアメリカンショートヘアーのような毛色だったと考えればよかろう（アメリカンショートヘアークラブジャパン〈ＡＳＣＪ〉ＨＰより）。ちなみに、アメショーはヨーロッパ種の猫がアメリカ大陸で繁殖、改良されたものといわれる。

上野精養軒で猫を見る

なかなか漱石先生がご登場なさらないが、慌てるなかれ。やがて、日本でもキャットショーが行われるようになるが、それは大英帝国から遅れること数十年、大正二年（一九一三）のことであった。三月十五日付の東京朝日新聞に、こんな記事が載ったのである。

ニコニコ倶楽部にては四月五日を期し、猫の展覧会を上野公園精養軒に開き、動物園の黒川技師以下、審査員となり、賛成者中には夏目漱石、村井弦斎、菊五郎、小さん、島崎柳塢氏等ある由。加入希望者は来る三十日迄に申込むべしと。

漱石は東京朝日新聞専属で筆をふるっていた関係で賛成者の一人となったのか、それとも名前だけ貸したのかほかに記録がないので不詳であるが、先生、この年は一月から持病の神経衰弱がひどく、三月末には胃潰瘍で入院したので、猫の展覧会当日の上野精養軒には顔を出してはいないようだ。ほかの賛成者はいずれも明治の有名人で、やはり名前だけ貸したのではないだろうか。

しかし、当日の模様を見ると漱石にゆかりある人物が自分の愛猫を展覧会に出していたことがわかる。猫好きで知られ、猫の塑像を百体作りたいとして果たせなかった朝倉文夫がそれである。朝倉お得意の猫の塑像ではなく、本物の生きた猫を出品したのだ。少し長いが、東京朝日新聞（一九一三年四月六日付）から記事を引用しておこう。

ニコニコ倶楽部主催のにやんにやん猫展覧会は昨日の午後二時から、上野精養軒の庭園桜咲き匂ふ下で開かれた。米が高いとか不景気とか言つても、桜日和に浮き立つ折柄の人気極まる愛猫家の群も頗る振るつて見えた。出珍《ママ》の猫は総て二十疋、老たるあり、若きあり、金銀の両眼を光らして居るがあれば、純白、純黒、三毛、虎毛、鼠色なんど、犬化したのや狆化したのや千差万別、黒川動物園技師と、須永、梅本、久保野の三家畜病院長が審査員となり、審査の結果、一等は下谷西黒門町鈴木彦太郎の牡「ミイ」と云ふ三毛君で鰹節の五円券、二等は麴町三番町の石塚正治の牝「ユキ」ちやんと云ふ、純白のステツセル将軍が飼て居た猫で同三円券、三等は麴町一番町龍湖園の牡「玉吉」君で同二円券、他に特別褒状は芝白金真野蔵人の牡「まる」君で、内藤子爵の「羽左衛門」君、酒井伯爵、朝倉文夫氏などの出猫に対してもそれぞれ褒状があつた。猫の他には朝倉文夫氏作、塑像「病後の猫」を初め、敬文、栖鳳、竹坡、松畝、十畝などの猫の絵を列《なら》べてあつた。神田の畑《はた》たけと云ふ女は、愛猫「貞子」を出品する筈で居たに、突然病死したので、之を剝製にして持て来たが、鼠色の可愛らしい死んだ猫を抱て、涙を流しながら「貞ちやん貞ちやん」と取乱して居た。猫を可愛がる女は概ね子供を生まぬと見え、自分の出した猫の傍に寄つて、人間に物言ふ如くチヤホヤして居たのは、頗る奇観であつた。立食があつて、五時散会。

この記事からは、日本の猫の初めてのキャットショーの記録だけではなく、さまざまな世相や文化的コードが読み取れる。遺伝学上貴重なオスの三毛猫が一等だったのは、それがしばしば船の守り神として珍重されたためだろうか。「貞子」の飼い主の女の狂乱ぶりや、出産しない女が猫を子どものように可愛がる姿を揶揄する書きようは、猫がしばしば女性性と結びつけて語られることを意味している。ともあれこの会は、生身の猫と猫の美術をダシにした社会的地位の高い人々の社交場であったようだが、日本において猫が鑑賞の対象として価値を持つ存在となった時代の到来を象徴している。

少なくとも都市においては、猫はねずみ対策の必要に迫られて近所から適当に調達する「家畜」ではなくなったのだ。美しい猫を愛で、和毛《にこげ》を愛撫するだけではない。見られる存在としての猫は、階級を端的に示すシンボルとして日本の文化に組み入れられたのである（これは、平安時代の唐猫の扱いとそっくりで、過去に回帰したともいえる）。もっと珍しく、美しい猫を求める声は、やがて人為的な品種改良という経済活動につながっていった。その一つが、今まで「雑種」として一括されていた日本猫《ジャパニーズボブテール》を品種として認定したことであろう。

美術＝見られるものとしての猫の姿は、今も変わりなく続いている。どこぞの美術館では、猫の美術展を開催したところ、記録的な入場者数であったと聞く。まさに「猫見る会」は盛況なのだ。でも、猫もまた額の中からあなたをじっと観察しているかもしれないことを、どうぞお忘れなく。

渋谷区立松濤美術館「ねこ・猫・ネコ」展（二〇一四年）図録に所収。学術文庫収録に当たり、加筆・修正した。

参考文献一覧（全体にかかわるもののみ。本文中に示したものは除いている。順不同）

永野忠一『猫と日本人』同、一九八二年
同『猫と源氏物語』同、一九九八年
北嶋廣敏『猫まるごと雑学事典』光文社文庫、一九九七年
花輪莞爾『猫学入門』小沢書店、一九九七年
木村喜久弥『ねこ　その歴史・習性・人間との関係』法政大学出版局、一九八六年
ニコラス・ソーンダズ『ネコの宗教』平凡社、一九九二年
大木卓「日本猫史」（『cats』一九九五年一月号〜九六年十二月号、ペットライフ社）
『国文学』第二十七巻十二号、学燈社、一九八二年九月号
堀江珠喜『猫の比較文学』ミネルヴァ書房、一九九六年
熊井明子『猫の文学散歩』朝日文庫、一九九五年
お茶の水文学研究会『文学の中の「猫」の話』集英社文庫、一九九五年
松村紀代子『猫の本棚』岩波書店、二〇〇〇年

本書で取り上げた「猫」の文献資料

【あ行】
壒嚢鈔　あいのうしょう　15
安斎随筆　あんさいずいひつ　71
磯乃名所旧蹟　いそのめいしょきゅうせき　140
伊呂波字類抄　いろはじるいしょう　15
蔭涼軒日録　いんりょうけんにちろく　102
雲萍雑志　うんぴょうざっし　159
燕石十種　えんせきじっしゅ　72
小右記　おうき　37
朧月猫のさうし　おぼろづきねこのそうし　152・160・162

【か行】
貝おほひ　かいおおい　156
下学集　かがくしゅう　15
金沢山霊宝記　かなざわさんれいほうき　85
金沢名所杖　かなざわめいしょづえ　87
鎌倉攬勝考　かまくららんしょうこう　89
寛平御記　かんぴょうぎょき　30
看聞御記　かんもんぎょき　113
玉匣記　ぎょくこうき　136
去来抄　きょらいしょう　152
金鉄集　きんてつしゅう　97
空華集　くうげしゅう　95
求聞医録　ぐもんいろく　161
訓蒙要言故事　くんもうようげんこじ　87
渓嵐拾葉集　けいらんしゅうようしゅう　76
謙斎詩集　けんさいししゅう　96
源氏物語　げんじものがたり　32・38
古今和歌六帖　こきんわかろくじょう　56
古今著聞集　ここんちょもんじゅう　52・60
五雑俎　ござっそ　68
今昔物語集　こんじゃくものがたりしゅう　50・147
根本説一切有部毘奈耶　こんぽんせついっさいうぶびなや　63

【さ行】
西鶴織留　さいかくおりどめ　161

細流抄　さいりゅうしょう　45
薩藩旧伝集　さっぱんきゅうでんしゅう　141
更級日記　さらしなにっき　46
四季物語　しきものがたり　64
子不語　しふご　75
重訂本草綱目啓蒙　じゅうていほんぞうこうもくけいもう　71
焦尾琴　しょうびきん　155
新撰字鏡　しんせんじきょう　13
塵添壒嚢鈔　じんてんあいのうしょう　16・25・136
禅宗無門関抄　ぜんしゅうむもんかんしょう　88
続耳談月令広義　ぞくじだんげつれいこうぎ　68
祖庭事苑　そていじえん　25

[た行]

台記　たいき　33・54
たまきはる　49
徒然草　つれづれぐさ　65
徒然草諸抄大成　つれづれぐさしょしょうたいせい　67
徒然草野槌　つれづれぐさのづち　67
徒然草文段抄　つれづれぐさもんだんしょう　67
伝屍病口伝　でんしびょうくでん　76
時慶卿記　ときよしきょうき　127

[な行]

南総里見八犬伝　なんそうさとみはっけんでん　67
日本釈名　にほんしゃくみょう　84
日本霊異記　にほんりょういき　12・19
猫のさうし　ねこのそうし　115
猫の賦　ねこのふ　164
猫を祭る文　ねこをまつるふみ　165

[は行]

梅花無尽蔵　ばいかむじんぞう　84・88
埤雅　ひが　19
百衲襖抄　ひゃくのうおうしょう　100
猫苑　びょうえん　25
猫瞳寛窄弁　びょうどうかんさくべん　139
仏説護諸童子陀羅尼経　ぶっせつごしょどうじだらにきょう　75
仏日庵公物目録　ぶつにちあんくもつもくろく　96
物類称呼　ぶつるいしょうこ　86
物類相感志　ぶつるいそうかんし　136

夫木和歌抄　ふぼくわかしょう　32・56
分別業報略経　ふんべつごうほうりゃくきょう　63
分類故事要語　ぶんるいこじようご　138
碧巌録　へきがんろく　105
北条九代記　ほうじょうくだいき　83
簠簋抄　ほきしょう　148
本草和名　ほんぞうわみょう　14
本朝食鑑　ほんちょうしょっかん　36・69
本朝世紀　ほんちょうせいき　61

[ま行]

枕草子　まくらのそうし　34・53
耳袋　みみぶくろ　70
宮川舎漫筆　みやがわのやまんぴつ　169
明曠戒疏　みょうこうかいしょ　63
無門関　むもんかん　88・105
無門関鈔　むもんかんしょう　109
明月記　めいげつき　62・77・112

[や行]

康頼本草　やすよりほんぞう　14
奴凧　やっこだこ　178
大和本草　やまとほんぞう　84
酉陽雑俎　ゆうようざっそ　135

[ら行]

類聚名義抄　るいじゅうみょうぎしょう　14
類船集　るいせんしゅう　182
炉辺南国記　ろへんなんごくき　142

[わ行]

和漢三才図会　わかんさんさいずえ　69
和訓栞　わくんのしおり　138

原本あとがき

数多くの書物や絵画から語りかけてくる猫たちの声に励まされて、やっとここまでたどりついた。書き終えてみると、猫の本の執筆は、いつもよりずっと楽しい思いだった。

ただ、いちがいに猫の文学誌といっても、取り上げる時代や読者の関心が違えばまったく別のものになってしまうはずである。たとえば、私はかの有名な「吾輩」を取り上げなかった（文庫化に当たり「付録」で収録した）。近代文学にうといからである。また、猫好きで有名な浮世絵師・歌川国芳にもさほど言及していない。文献がほとんどないからである。国芳が猫好きだった「らしい」ことは描いている絵からも明らかなのだが、彼の猫好きを証明する文献は後代の『歌川列伝』くらいしかないのだ。また、膨大《ぼうだい》であろうはずの江戸俳諧《はいかい》や連句、絵草子の中の猫も多くは取り上げることができなかった。これは怠慢《たいまん》であると反省している。江戸時代の猫たちの研究、誰かやってくれないかと思っているのだが……（本文中に加筆したように、単行本刊行後、論考が出されている）。

私はこの本でなんでも「文献、文献」といってきた。文献がなぜそんなに大事なのか、と眉《まゆ》をひそめる人もいるだろう。しかし、今まで猫の本で文献を中心としたものは、意外なことにあまりないのである。私はある意味で古典的な国文学徒である。文献がないと何も語ってはいけないという教育を受けてきた。そのせいか、在野の研究者に多い伝説や口承ばかりの猫の本に十分満足することがなかった。だから、文献に猫がどのくらい登場するのか、一度総ざらえしてみたい、というのが当初の目的であった。しかし、それは必ずしもかなえられていない。これも私の怠慢である。反省反省。

しかし、今までだれも言及していなかった猫の新しい面にも光を当ててみた自負もある。たとえば禅宗と猫の関係は、これも膨大な資料があるにもかかわらずほとんど注目されてこなかった部分であろう。また、朝鮮出兵についていった（らしい）猫については、私の思い入れもあって、何とか書きたいと思っていた。その点では、いちおうの満足を覚えている。

この本は私の本の中で異彩を放つものとなろう。いつも私の本を待っていてくださる貴重な読者の方々も、多少面くらうかもしれない。実は、二〇〇一年は、私が八年間ともに暮らし、癌《がん》で亡くなった「福」という猫の七回忌に当たるのである。私は福の死に目にあうことができなかったことを、今でも心の底から悔やんでいる。福には墓を建て、相応の供養をしているが、それでも未だに、帰宅した私を迎えようと玄関先で息絶えていた福の姿を思い出すと涙がとまらない。だから、このささやかな本は福の墓前に捧げたい。そのつもりで書いた。

また、私は今、「くりこ」という猫と暮らしている。くりこは一人きりの私の生活に潤《うるお》いを与えてくれている。いや、そんなものではない。くりことは離れがたい「二人の暮らし」なのだ。生まれてたった三ヵ月のころ、ブリーダーさんに連れられて東京から新幹線でやってきた深窓《しんそう》のお嬢様・くりこ。彼女は福とはまた違った生活を私に教えてくれた。そして、いつもパソコンのそばにいて私を励ますように寝ていた（？）。

この二匹の猫のために、そして、世の中の猫を愛する人々のために私はこの本を書いたのである。どうか、（猫好きも犬派も）末長く可愛がってやっていただきたい。

最後になったが、ご自身も猫好きで、猫に関する資料を集めてくださった淡交社の河村尚子さんには、執筆・編集で言葉につくせないほどお世話になった。本書の土台は、勤務校と非常勤講師として半期のみ通った大阪大学での講義にもとづいているが、がんばって聞いてくれ、ユニークな答案を書いてくれた学生たちにも感謝したい。また、北海道大学の武田雅哉氏は中国の猫に関する膨大な資料を送ってくださったし、金沢文庫の西岡芳文氏からは金沢猫について示唆《しさ》を賜った。五山文学については、国語学者の大塚光信先生と立命館大学の中本大氏からご教示を得た。猫の絵画については、学習院女子大学の徳田和夫氏にお世話をかけた。訳もわからず飛び込んで質問攻めにした私に、いろいろな情報を与えてくださった尚古集成館の学芸員さんたち、回向院の方々、そして図版の掲出を許可してくださった方々へお礼を申し上げたい。みなさん、ありがとうございました。

もちろん、故「福」の霊とくりこにも感謝である。くりこは私の仕事部屋が大好きで、しばしば私の椅子で寝込んでしまい、締め切り間際など往生した。今度、机の前に椅子を二つ置こうかと思っている。くりことこれからの長い時間を生活していくことが私の楽しみであり、願いでもある。

田中貴子

平成十三年一月

学術文庫版あとがき

本書を刊行してから、すでに十四年が経過しようとしている。この本は、私の十冊目の単著ということもさりながら、何より猫だけで一冊書いたという点でとくに思い出深いものである。幸い、刊行当初はいくつかの書評も書いていただけたが、増刷かなわずそのままになっていた。ここに、講談社学術文庫の一冊となって生まれ変わることができたのも、ひとえに「九つの命を持つ」とされる猫のおかげであろう。

しかしながら、十数年たってみると私の考えもずいぶん変わり、また、誤りと判明した箇所も目についた。そこで、文庫化に当たっては論調をなるべく変えないようにしつつ、できるだけ加筆・訂正を行うことにした。猫の歴史についての本は拙著以後もたくさん出ており、猫を描いたものの画像もネット検索で容易に見られるようになったので、たとえば中世の絵巻に登場する「繋がれた猫」の画像などは省いたが、代わりに猫のご縁で友人となった河本俊子さんから提供を受けた数々の涅槃図をはじめ新たな図版を加え、十数年の間に進んだ研究にも言及するよう努めた。とくに、校正中偶然にも手元に届いた藤原重雄氏と齋藤真麻理氏の著書はありがたく参考にさせていただいた。

今回の文庫化で私の考えがもっとも変わったところは、猫と人間とのかかわりを素朴に受け止めて礼賛する姿勢をいったん保留するようになった点だろう。文献や絵に描かれた猫は、単に可愛い愛玩動物であったから、というだけではなく、書き留められる必然性があったから書かれたはずなのだ。古典における猫の意味は、近代の感性だけで切り取ってはいけないのである。

たとえば、平安貴族のペットとなった唐猫など、現代人が「可愛いから、好きだから飼うのだ」と単純に考えては見えなくなってしまうものがある。なぜ、犬ではなく猫なのか、ということを改めて問う必要があるだろう。加筆にあたって、「不浄なものとしての犬」の姿が猫の背後に浮かび上がってきたことも付け加えておきたい。

ただし、そのうえでにじみ出る「猫好き」の余香はたしかに感じられることがあり、それを否定することはせずにおいた。でないと、猫本を読む楽しみはないでしょう?

古典文学を読んで「昔も今と同じ感情を持っていたのだ」という共感を示す人は多く、それがおそらく古典文学が（細々とながら）今まで読み継がれてきた理由の一つだと思うが、それだけでは理解しがたいことも多い。たとえば、禅詩に描かれた猫は近代人の感覚からは遠いのではなかろうか。しかし、資料によってその背景や意味がわかれば、どんな時代の人であっても理屈のうえでは納得できるはずである。

古典文学が生き残ってきたのは、どんな時代や環境の違いがあっても人はみな同じことを考えるということが「実感」されたからではない。むしろ、世の中が変われば人も変わる、ということを疑似体験できるからだといっていいだろう。単なる共感の「だだ漏れ」に終わらない古典文学の理解は、残された資料を読み解くという手続きさえ踏めばかなうのだ。その手続きを代行できるのが、研究者なのだと私は思っている。だから、私はいつまでも扉を開けて手招きし続けよう。ようこそ、猫の横道へ！　猫好きもそうでない方も、まずはお入りになってみてくださいまし。

なお、この文庫版には、「付録」として「漱石先生、猫見る会ぞなもし」という一文を加えた。いわばボーナストラックである。

最後に、身辺で単行本刊行時から変わったことを付け加えておきたい。単行本の著者紹介の項に書いた、私の大学院における指導教官、「猫愛ずる教授」こと稲賀敬二先生は逝去された。先生は、私と同じく、六歳からずっと猫と暮らしてこられた、猫の先達である。続いて、当時一緒に暮らしていたペルシャ猫のくりこも十五歳で極楽へ旅立った。くりこは晩年認知症を患って、夜中の大声に徘徊、粗相などが始まり、人間と同じ介護をしなければならなかった。私は母の介護も経験していたはずだったが、猫の介護は初めてのことで、本や書類に粗相したくりこを思わず叱ってしまい、自己嫌悪に陥ることもたびたびだった。それでもくりこは、布団にもぐりこみ私の胸の上に上半身を預けて子どものように眠るのである。彼女の見取りに十分なことをしてやれたかと思うと、今でも辛くてたまらない。

現在は、きなこというエキゾチックショートヘアーの男子とともに暮らしている。きなこはくりことはまったく異なる気質で、朗らかで好奇心旺盛、どんなときでも食欲が絶えないというたくましい「東男」（相模国出身）だ。本に顎をのせてくつろぐのが大好きである。思えば、私と猫たちの「家」の歴史はいつも本と紙の匂いの中にあった。きなことともに文庫版を送り出せるのが、今はとてもうれしい。末永くご愛読くださるようお願い申し上げます。

なお、文庫化に当たっては講談社学術図書出版部の本橋浩子さんの手をわずらわせた。本橋さんに文庫化を奨めて下さった、学習院大学の鈴木健一氏にも御礼申し上げたい。また、図版使用に際しては各方面にお世話になった。ここに感謝申し上げます。

二〇一四年八月

きなこの寝顔を横目で見つつ

田中貴子

KODANSHA

本書の原本は、二〇〇一年に淡交社より『鈴の音が聞こえる——猫の古典文学誌』として刊行されました。文庫化にあたり、加筆・訂正を行っています。

田中貴子（たなかたかこ）

一九六〇年京都生まれ。広島大学大学院博士課程修了。甲南大学教授。専門は中世国文学，仏教説話。著書に『中世幻妖——近代人が憧れた時代』（幻戯書房），『あやかし考——不思議の中世へ』（平凡社）など，学術文庫に『日本〈聖女〉論序説』がある。

講談社学術文庫

定価はカバーに表示してあります。

猫《ねこ》の古典文学誌《こてんぶんがくし》 鈴《すず》の音《ね》が聞《き》こえる

田中貴子《たなかたかこ》

2014年10月10日　第1刷発行
2022年3月10日　第5刷発行

発行者　鈴木章一
発行所　株式会社講談社
東京都文京区音羽 2-12-21 〒112-8001
電話　編集（03）5395-3512
販売（03）5395-4415
業務（03）5395-3615

装　幀　蟹江征治
印　刷　株式会社広済堂ネクスト
製　本　株式会社国宝社
本文データ制作　講談社デジタル製作

© Takako Tanaka　2014　Printed in Japan

落丁本・乱丁本は，購入書店名を明記のうえ，小社業務宛にお送りください。送料小社負担にてお取替えします。なお，この本についてのお問い合わせは「学術文庫」宛にお願いいたします。
本書のコピー，スキャン，デジタル化等の無断複製は著作権法上での例外を除き禁じられています。本書を代行業者等の第三者に依頼してスキャンやデジタル化することはたとえ個人や家庭内の利用でも著作権法違反です。Ⓡ〈日本複製権センター委託出版物〉

ISBN978-4-06-292264-7

「講談社学術文庫」の刊行に当たって

これは、学術をポケットに入れることをモットーとして生まれた文庫である。学術は少年の心を養い、成年の心を満たす。その学術がポケットにはいる形で、万人のものになることは、生涯教育をうたう現代の理想である。

こうした考え方は、学術を巨大な城のように見る世間の常識に反するかもしれない。また、一部の人たちからは、学術の権威をおとすものと非難されるかもしれない。しかし、それはいずれも学術の新しい在り方を解しないものといわざるをえない。

学術は、まず魔術への挑戦から始まった。やがて、いわゆる常識をつぎつぎに改めていった。学術の権威は、幾百年、幾千年にわたる、苦しい戦いの成果である。こうしてきずきあげられた城が、一見して近づきがたいものにうつるのは、そのためである。しかし、学術の権威を、その形の上だけで判断してはならない。その生成のあとをかえりみれば、その根は常に人々の生活の中にあった。学術が大きな力たりうるのはそのためであって、生活をはなれた学術は、どこにもない。

開かれた社会といわれる現代にとって、これはまったく自明である。生活と学術との間に、もし距離があるとすれば、何をおいてもこれを埋めねばならない。もしこの距離が形の上の迷信からきているとすれば、その迷信をうち破らねばならぬ。

学術文庫は、内外の迷信を打破し、学術のために新しい天地をひらく意図をもって生まれた。文庫という小さい形と、学術という壮大な城とが、完全に両立するためには、なおいくらかの時を必要とするであろう。しかし、学術をポケットにした社会が、人間の生活にとってより豊かな社会であることは、たしかである。そうした社会の実現のために、文庫の世界に新しいジャンルを加えることができれば幸いである。

一九七六年六月

野間省一